침대 딛고 다이빙

일러두기
이 책은 국립국어원 표준국어대사전의 표기법과 외래어표기법을 따랐습니다.
다만 독자의 이해를 돕기 위해 일부는 실제 발음 그대로 표기하였습니다.

침대 딛고 다이빙

송혜교

몸을 움직이는 건
귀찮고 힘들지만
내일이 즐거우려면
오늘은 여기까지,

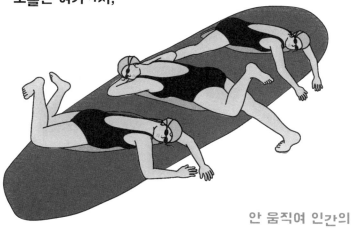

안 움직여 인간의
유쾌하고 느긋한
미세 운동기

📖 동양북스

○ 물에 젖은 식빵처럼 축 늘어진 채 책을 읽기 시작했는데 덮을 때는 단전에 힘을 주고 정자세로 고쳐 앉았다. 그렇다고 책이 나를 다그친 건 아니다. 나는 그저 작가의 일상에 공감하며 책장을 넘기고, '젊은 친구가 이대로 괜찮을까' 하며 작가의 체력을 걱정하다, 그의 유쾌함에 킥킥대며 웃기도 했다. 그러고 나니 어느새 내 안에서 보글보글 운동하고 싶은 마음이 올라온다. 일상에 지친 많은 분이 이 책을 디딤돌 삼아 다시 일어날 수 있기를. 나는 이런저런 핑계로 운동을 미루고 싶을 때마다 이 책을 꺼내볼 생각이다.

_ **이지상** 중앙일보 기자

○ 책을 중간까지 읽었을 때 "어휴. 이 정도면 그냥 운동 좀 하지?"라는 말이 입 밖으로 튀어나오고야 말았는데, 그 순간 깨달았다. '이 글은 거울기법으로 쓰인 거구나. 지금 내가 운동하기 싫어서 입으로만 고민하고 뭉그적대는

상태도 다른 사람이 보면 이렇겠구나.' 이 책은 우리 같은 '안 움직여 인간' 동지가 운동 쪽으로 한 발짝 내디뎠을 때 보이는 풍경이 어떻게 넓어지는지에 대한 고백이다.

'안 움직여 인간'답게 여러 운동을 짧게 전전하며 맛만 보던 송혜교 작가는 수영을 하게 되면서 힘들면서도 즐거운 것이 동시에 존재할 수 있다는 걸 알게 되었다고 말한다. 그 후 하고 싶은 일을 위해 기꺼이 하기 싫은 쪽으로도 움직여 보는 삶을 선택하게 되었다고. 바디 프로필을 찍을 것도 아니고 마라톤 완주가 목표도 아니지만, 그저 일상에서 조금씩 더 건강해지기 위해 나를 조금 더 좋아하는 방향으로 움직임을 늘려 보자고 작가는 제안한다. 남과 비교하지 않고 그저 내가 어제보다 더 나아지는 게 진짜 튼튼한 거니까. 이 책을 덮고 나면 오늘 당장 걷는 시간부터 늘리게 될 것이다.

_ **정문정** 작가, 『다정하지만 만만하지 않습니다』 저자

○　　우리는 오랫동안 몸과 싸웠다. 때로는 보기 좋은 몸, 생산적인 몸에 대한 강박에 시달렸고 때로는 움직일 기회를 박탈당했다. 이제 우리는 다 버리기로 했다. 보기 좋은 몸, 생산적인 몸에 대한 강박을. 그런 걸 찬양하는 오래된 이야기는 너무 많다. 이제 새로운 이야기를 읽자. 낯설고 내 마음대로 잘 움직여지지 않는 몸을 이끌고 동네 수영장으로 가는 이야기가 여기에 있다.

　　『침대 딛고 다이빙』의 송혜교 작가는 당당하게 '안 움직여' 인간인 자신의 이야기를 꺼낸다. 침대에서 몸을 일으켜 아침 수영을 갈 때 극한의 의지가 필요했다는 이야기부터 물리치료사인 친구가 자신의 몸을 보고 '환자를 만나러 왔나 싶다'며 놀란 이야기, 1분 뛰고 헐떡거리던 이야기까지. 스스로를 '안 움직여' 인간이라 밝히지 못하고 있었던 사람들이 같이 킬킬댈 만한 이야기이다.

　　그런 작가가 조금씩 '움직여' 인간으로 바뀌면서 생기는 일들은 사뭇 감동적이다. 수영장에서 레인을 다섯 바퀴 도는 수영 베테랑 할머니를 만나고, 여행지에서 러닝을 하고, 운동하러 더 쉽게 가기 위해 운전면허도 딴다. 작게 시작한 움직임은 세상을 새롭게 만나는 방식이 된다. 움직인 덕분에 평생 다이어트에 골몰했던 자기 몸을 새롭게 보게 되고, 움직이니 낯설고 다정한 얼굴들을 보게 된다. 더 움직이니 더 크게 모험하고 돌아올 체력이 생긴다.

　　몸을 일으키게 하는 책을 만나기란 쉬운 일이 아니다. 웃으며 이 이야기를 읽자. 그리고 같이 일어나자. 움직이고 또 움직이며 그렇게 아주아주 즐겁게 살자.

_ **조소담** 전 닷페이스 대표, 『일잘잘』 공저자

못 걷는 게 아니라
안 걷는 겁니다

"운동할 시간이 없어." 살면서 이 말을 몇 번이나 뱉었을까. 이건 묘비명으로 쓰기에도 손색이 없을 정도로 내 삶을 정확히 꿰뚫는 단골 대사였다.

운동할 시간이 없다는 말을 반복하다 여기 잠들다.
평균 수명보다 아주 이르게.

바쁘다는 사실은 아주 훌륭한 방패막이 되어 주어서, 나는 꽤 오랜 시간 나의 게으름을 두둔하며 살았다.

진실이 버젓이 존재하고 있는 마당에 애써 나 자신을 속여 봤자 아무런 의미가 없다는 걸 알면서도 그랬다.

그러나 20대 중반을 넘어가던 어느 날, 어떤 깨달음이 뚜벅뚜벅 다가와 내 뒤통수를 강하게 후려쳤다. 아주 단순하고도 명백한 각성이었다. 이렇게 살다가는 정말 큰일 날 거야.

그동안 아주 착실하게 일해 왔으나 내 업무에 필요한 움직임이라고는 손가락을 구부려서 타자를 치는 게 전부였다. 의자나 침대 위에서 꼼짝하지도 않는 동안 내 체력은 더 떨어질 구석이 없을 정도로 바닥을 쳤고, 몸 곳곳에 조금씩 이상이 생겼다.

결국 나는 뒤늦게 먼지 쌓인 진실을 마주해야 했다. '운동할 시간이 없어'라는 말 뒤에 숨어 시종일관 내 양심을 쿡쿡 찔러 대던 바로 그 진실을.

나는 운동할 시간이 없는 게 아니라 운동할 생각이 없는 사람이었다. 아니, 운동하지 않는 걸 넘어 움직일 생각조차 없었다. 누워 있을 수 있을 때 앉아 있는 일이 없었고, 앉아 있을 수 있을 때 서 있는 일도 없었다.

이러한 나의 '안 움직여' 역사는 생후 18개월에 시작되었다. 성장 상태에 따라 약간의 차이는 있겠지만 아이들은 평균적으로 첫돌 전후에 걸음마를 시작한다. 돌잔치에서 아장아장 걸으며 돌떡을 직접 돌리는 아이들이 있는 반면 나는 태어난 지 일 년 반이 지나도록 앉아 있거나 기어다니기만 했다. 서 있는 시간도 거의 없었다. 또래와 비교하자면 눈에 띄게 움직임이 적고 느린 아이였다.

부모님은 그런 나를 걱정해 병원에 데리고 갔다. 그리고 몇 가지 검사 끝에 의사에게 이런 답을 들을 수 있었다.

"건강이나 발달 상태는 전혀 문제가 없네요. 못 걷는 게 아니라 안 걷는 겁니다."

병원에 다녀온 지 며칠 지나지 않은 어느 날, 나는 거실에 앉아 놀다가 갑자기 벌떡 일어나 후다닥 달렸다. 마치 거짓말처럼, 걸음마의 과정 없이 곧바로 뛰어 버린 것이다. 굳이 걷고 싶지 않아서 기어만 다니는 거라는 의사의 진단을 몸소 증명한 셈이다.

게으름에도 계급이 있다면 성골이요, 안 움직이는 데도 수준이 있다면 1등급을 거머쥘 인재가 바로 나다. 그러니 건강해지는 비결 같은 건 궁금하지 않았다. 몰라서 못 하는 게 아니라 귀찮아서 안 하는 거였으니까. 나를 근력 부족에 체력 고갈 상태로 이끈 건 불가피한 무지가 아니라 나약한 의지라는 걸 이미 잘 알고 있었으니까.

고백하자면, 이 책은 운동 이야기라기보다는 '운동하기 싫은 마음'에 관한 에세이다. 철인삼종경기를 완주했다는 후기도, 멋진 근육의 비결도 담겨 있지 않다. 그 대신 '운동할 시간이 없어서'라는 말을 완전히 끊어 내게 된 과정을 생생하게 적었다. 땀 흘리며 운동하는 시간보다 운동하기 싫다는 생각을 하며 보내는 시간이 더 긴, 나와 같은 사람들에게 이 책을 바친다.

차례

3장 수면 위에서 뽐내는 수면 경력

1장

차라리 슬라임으로
태어날 것을

오운완 말고
오운않

지금 이 순간의 행복이 가장 중요하다던 욜로 열풍은 가고, 매일 더 발전하는 삶을 추구하는 갓생이 새로운 문화로 자리 잡았다. 이와 더불어 내 SNS 피드에도 하나둘씩 운동 인증샷이 올라오기 시작했다. 팔팔한 건강쟁이 친구들은 헬스장, 필라테스 학원, 심지어는 클라이밍장까지 장소를 불문하고 건강 에너지가 뿜어져 나오는 듯한 사진을 찍어 올리며 이렇게 외쳤다. 오운완!

그러나 나는 그 사이에서 꿋꿋하게 '오운않'을 고집했다. 일을 마치고 나면 운동할 시간도, 정신도, 체력도 남아 있지 않았다. 벌떡 일어나 씻으러 가는 일만도 굳은 결심이 필요한데, 운동을 할 수 있을 리가 없었다. 불필요한 움직임 같은 건 철저히 외면했다. 움직일 생각만 해도 몸이 축 늘어졌고 어쩌다 운동을 시도하기라도 하면 1분 1초가 지난하게 느껴져 견디기 힘들었다.

　그런 내게 누군가 "날씨가 좋으니 잠깐 걷자"라고 권하면, 항상 이렇게 답했다. "운동하자고? 이동하자고?" 내게 걷기란 늘 운동 아니면 이동이었다. '산책'이라는 행위 자체를 이해하기 힘들었다. 사람들은 도대체 왜 목적도 없이 걷는 걸까? 어차피 다시 돌아올 거면서.
　그래서 가족이나 친구와 산책을 할 때면 항상 몇 걸음도 가지 못해 이런 질문을 던졌다. "어디까지 갈 거야? 어디서 턴할 거야?" 그리고 말해 준 장소가 나올 때까지 지루한 발걸음을 터벅터벅 옮겼다. 햇살에 눈을 찌푸리며, 어서 목적지에 다다르기를 기원하며.
　걷는 것 자체에 취미가 없기도 했지만, 목적을 정하면 한시라도 지체 없이 움직여야 하는 급한 성격 탓에 주위 풍경을 즐길 새도 없이 땅만 보며 걷곤 했다. 그러나 빠르게 전진하고 싶은 마음을 근육 하나 없는 말랑한 몸이 따라가기에는 역부족이었다. 햇빛을 받으며 10분만 걸어도 몸이 흐물흐물 녹는 것만 같았다. 이렇게 말랑할 거라면 차라리 슬라임으로 태어날 것을.

 이런 나와는 달리, 내 주변에는 산책을 취미로 삼은 몇몇 건강쟁이 친구들이 있다. 내게는 고행이나 다름없는 산책이 그들에게는 여유이자 즐거움인 것이다. 그들이 '산책을 즐긴다'라는 식의 표현을 사용할 때마다 나는 의아한 표정을 숨기지 못했다. 어떠한 목적도 없이 걷는 것 그 자체를 즐긴다는 말이 내게는 '따뜻한 아이스 아메리카노'처럼 허무맹랑하게 들렸기 때문에.

 친구에게 이 사실을 털어놓자 도리어 나를 이해하기 힘들다는 듯한 표정을 지으며 말했다. "걷다 보면 차분하게 풍경도 구경할 수 있고 생각도 정리되니 얼마나 좋아."

 친구들이 쏟아 내는 운동 예찬론을 수도 없이 들었음에도, 나의 철학에는 어떠한 변화도 찾아오지 않았다. 나는 이미 나 자신을 '안 움직여 인간'으로 정의했기 때문이다. 풍경은 앉아서 봐도 되고 생각은 글을 쓰며 정리하면 된다는 게, 가능하면 힘닿는 데까지 누워 있자는 게 나의 신조였다. 정말이지 이유 없이 걷고 싶지는 않았다.

안 움직여
인간에 대한 고찰

앞서 밝혔듯, 나는 나 자신을 '안 움직여 인간'으로 정의했다. 안 움직여 인간에 대해 구체적으로 설명하자면 '최소한의 움직임만으로 삶을 영위하기 위해 애쓰는 존재'라고 볼 수 있다.

안 움직여 인간은 움직이지 않기 위해 무엇이든 한다. 불을 끄러 가는 대신 기꺼이 원격 제어가 가능한 스마트 전구를 사고, 가급적이면 침대를 벗어나는 일이 없도록 머리맡에 자신만의 편의시설을 갖춰 놓으며, 가끔은 화장실에 가는 일조차 미룬다.

이 모든 현상의 기저에는 저질 체력이라는 선명한 원

인이 있다. 잘 알려져 있다시피 저질 체력이란 일상생활에 지장을 줄 정도로 체력의 질이 심히 떨어졌을 때 쓰는 말이다. 그리고 나로 말할 것 같으면 20대에 이미 저질 체력의 경지에 오른 실력자다. 당사자성을 갖춘 저질 체력 전문가의 입장에서 이 분야를 조금 더 자세히 해석해 보자면, 사실 저질 체력은 일시적인 상태가 아닌 정체성 그 자체라고 할 수 있다.

이를테면 "코로나에 한번 걸리고 나니 체력이 훅 떨어졌어. 몸이 예전 같지 않네"라는 말이 절로 나온다면? 당신의 체력은 저질이 아니다. 이건 '상태'다. 체력이 일시적으로 떨어진 상태. 하지만 원래도 체력이 바닥이라 코로나를 앓은 후에 후유증이라고 부를 만한 증상이 없다면? 이미 삶의 모든 사이클이 '쓰레기 같은 체력'에 초점을 맞춘 채로 돌아가고 있다면? 이건 '상태'의 문제가 아니다. 저질 체력이 이미 당신의 주된 정체성 중 하나가 되었다는 뜻이다.

저질 체력의 영향력은 생각보다 막강하다. 우리 삶 곳곳에 손을 뻗치며 꽤 많은 호불호를 관장한다. 날씨가 좋으니 산책하자는 말에 '걷다 보면 더워서 진이 빠질 거'라는 이유로 거절을 표하게 하고, 건강 생각할 겸 계단으로 가자는 제안에 '내 정신 건강에는 해로워'라며 꿋꿋하게 에스컬레이터 탑승을 고집하게 하고, 30분 넘게 줄을 서야 하는 유명 맛집에 가는 걸 거부한 채 눈앞에 있는 맥도날드만으로도 충분히 만족스럽다고 우기게 만든다.

또한 저질 체력은 끝없는 굴레처럼 삶을 속박한다. 운동을 안 하니 체력이 약한데, 체력이 약하니 운동하는 게 힘들고, 운동을 계속 안 하니 체력이 점점 더 약해지는 식이다. 이렇게 빈틈없이 견고하게 돌아가는 저질 체력의 굴레에서 빠져나오는 건 단순히 '마음먹기'만으로 뚝딱 해내기는 힘든 일이다. 사회적 인간으로 살아가기 위해서는 돈을 벌어야만 하고, 돈을 버는 데는 대체로 꽤 많은 시간과 품이 들어가니까. 퇴근 후 운동은 고사하고 의자에 빨래처럼 널브러져 씻으러 갈 체력이 충전되기를 기다리는 게 누군가에게는 일상이다.

물론 사람은 누구나 변한다. 한번 저질 체력의 소유자가 되었다고 해서 영원히 그 상태에 머물러야 하는 건 아니다. 체력과 근력은 꾸준한 운동으로 늘릴 수 있다. 이건 마치 사과를 던지면 결국엔 바닥을 향해 떨어진다는 말이나 아기 고양이의 솜털 덮인 뱃살을 조물락거리면 마음에 평화가 찾아온다는 말처럼 명백한 사실이자 아주 단순한 진리다.

그러나 진리는 때때로 결코 닿을 수 없는 곳에 존재한다. 안 움직여 인간인 내게는 저질 체력 탈출이 꼭 그런 거였다. 분명히 존재한다는 것을 알고는 있으나 절대 만날 수는 없는 미지의 무언가.

대중교통 속
대중 고통

                   살아오며 수도 없이 버스와 지하철에 올랐지만 여전히 대중교통을 이용할 때면 한숨이 절로 나온다. 내게 대중교통이란 대중과 함께 찾아오는 고통이다.

    앉을 자리가 있으면 그나마 다행이지만 북적이는 서울 한복판에서 그런 행운은 그리 자주 찾아오지 않는다. 짧아도 30분, 길면 1시간이 넘는 거리를 덜컹거리는 버스나 지하철에서 서서 가야 한다는 건 저질 체력의 끝을 달리는 안 움직여 인간에게 매우 치명적이다. 내게도 게임 캐릭터처럼 눈에 보이는 체력 그래프가 있다면 시시각각

가파르게 떨어지고 있을 거라는 걸 대중교통을 이용할 때마다 느낀다.

　나는 안 움직여 인간으로서 '자차' 없이 살아가기 위해서 자연스레 몇 가지를 포기했다. 앉을 자리가 없어 내내 서 있어야 할 때를 대비해 최대한 편안한 옷차림을 택한 것이다.

　첫 번째로 포기한 것은 당연히 멋지고 불편한 신발이다. 나는 광택이 줄줄 나며 발을 슬림하게 감싸는 로퍼를 좋아하지만 대중교통 안에서는 제아무리 멋진 로퍼도 그저 발목을 붙잡는 무거운 짐일 뿐이다. 밑창이 두꺼운 신발이 나의 신장을 커 보이게 만들어 줄 것 같지만 두 발이 무거울수록 몸이 한없이 구부러지기 때문에 결국 신장의 변화가 없다.

　두 번째로 포기한 것은 바로 '어깨에 걸칠 수 없는 모든 가방'이다. 클러치는 물론, 손으로 쏙 감싸 쥘 수 있는 손잡이 달린 핸드백도 잘 들지 않는다. 오직 튼튼한 어깨끈이 달린 가방만을 고집한다. 대중교통 손잡이를 잡기 위해서는 두 손이 자유로워야 하기 때문이다.

여기서 '왜? 한 손으로 손잡이를 쥐고 한 손으로 가방을 들면 되지 않나'라고 생각한다면 당신은 아직 진성 안 움직여 인간이 아니다(칭찬이다). 진정한 안 움직여 인간은 빈약한 근력 탓에 한 손으로 버틸 수 있는 시간이 그리 길지 않다. 손잡이를 잡는 손을 계속 교대해 줘야 한다. 그런데 나머지 한 손조차 가방을 드느라 혹사당한 상태라면, 두 손 모두 쉴 틈 없이 고통받게 되는 수밖에 없다. 이게 바로 두 손이 모두 자유로워야 하는 이유다.

내게 손잡이란 단순히 중심을 잡기 위한 보조 장치를 넘어, 대중 고통을 이겨 낼 수 있는 동아줄이다. 손잡이를 잡고 팔에 머리를 기대야만 약간이라도 휴식을 취할 수 있기 때문이다. 물론 내 머리의 무게를 오롯이 내 팔로 견뎌 내야 하기 때문에 어찌 보면 조삼모사식 휴식이라고 부를 수도 있겠으나 극심한 대중 고통에 빠져 있을 때는 그런 논리 따위 따질 수 없게 된다. 내 팔에 머리를 기대고 녹초가 되어 있는 모습이 어두운 지하철 창문에 비칠 때마다 정말 처량하고 볼품없다는 생각밖에는 들지 않지만 어쩔 수 없다. 생존을 위한 행동이니까.

안 움직여 인간으로서 대중 고통을 겪다 보면 자연스럽게 발전하게 되는 능력이 있으니 그건 바로 지하철 빈자리 레이더다. 언제 어디에서나 빈자리가 나면 누구보다 빠르게 감지할 수 있다. 대중교통을 이용할 때면 늘 미어캣이라도 된 양 끊임없이 두리번거린다. 앞사람이 주섬주섬 소지품을 챙기는 모습과 저 너머에 있는 사람이 엉덩이를 들썩거리는 모습을 모두 놓치지 않아야 하니까. 가장 가까이 서 있는 사람에게 빈자리 우선권이 주어진다는 암묵적인 룰이 있으니, 근처에 먼저 서 있는 사람은 없는지도 미리 확인해야 한다.

예측이 틀렸을 때 찾아오는 허탈감은 또 얼마나 큰가. 가방을 챙겨 일어날 줄로만 알았던 사람이 이어폰만 쏙 꺼내고 다시 가방을 고이 닫는다든지 고개를 쭉 빼고 몸을 일으키던 사람이 역 이름을 흘끗 살핀 후 다시 털썩 앉아 버릴 때면 한숨이 절로 나온다.

게다가 자리가 났다고 해서 꼭 앉아도 되는 건 아니다. 인근에 임산부나 어린이, 노인이 있다면 필사적으로 빈자리에 관심 없는 척한다. "저는 어차피 곧 내려서요"라는 하얀 거짓말은 덤이다. 그래야 그들이 마음 편히 앉을 수 있을 테니까.

비록 체력은 더 떨어질 구석이 없을 정도로 저질이지만, 아직 인성만큼은 저질의 영역으로 떨어지지 않아 얼마나 다행인가. 그러나 충분히 선량하지는 못한 탓일까. 좋은 마음으로 자리를 양보하면서도 속으로는 언제나 눈물을 흘린다. 다시 자리가 나는 행운이 내게 올까, 나는 언제까지 서서 가야 할까.

이렇듯 빈자리 레이더를 쉴 새 없이 가동하며 대중교통을 이용하던 나의 관념을 철저히 깨부수는 사건이 벌어졌다. 동료와 함께 지하철을 탄 날이었다.

종점에 가까운 역에서 탄 덕분인지 우리 앞에 금방 빈자리가 났다. 나는 내가 지닌 사회성을 최대치로 발휘하여 "먼저 앉으세요"라며 동료에게 자리를 양보했다. 표류하는 배에서 마지막 남은 빵 한 조각을 동료 선원에게 양보하는 듯한 마음으로, 아주 비장하게 건넨 말이었다. 하지만 이내 놀라운 답이 돌아왔다. "아니에요. 저는 원래 자리 비어 있어도 잘 안 앉아요. 혜교 님 앉으세요."

눈앞에 자리가 비어 있어도 앉지 않는다고? 나도 모

르게 큰 소리로 물었다. "왜요?!" 조금 더 기품 있게 물어볼 수는 없었을까 하는 후회가 있었지만 내게는 정말 받아들이기 힘든 이야기였기에 놀라움을 숨길 수 없었다. 그는 어깨를 으쓱하며 답했다. "그냥? 꼭 앉을 필요 없잖아요. 어차피 평소에 일할 때는 앉아 있으니까. 서 있는 시간도 좀 있어야죠."

안 움직여 인간인 나에게 '서 있는' 선택지라는 건 존재하지 않는다. 하루 종일 앉아서 일하는 건 나도 마찬가지였지만 다른 관점으로 생각해 본 적이 없었다. 어제 8시간 잤다고 해서 오늘 잘 필요가 없다는 뜻은 아니듯이, 방금 전까지 앉아 있었다고 해서 지금 또 앉을 필요가 없는 건 아니지 않은가.

손잡이조차 잡지 않고 허리를 꼿꼿하게 펴고 서 있는 그를 보며 생각했다. 그동안 나는 오직 '앉기 위해' 얼마나 많은 에너지를 소비했던가. 빈자리가 났는데도 서서 가는 사람들에게는 각자의 이유가 있을 것이다. 서 있는 게 건강에 더 좋다고 생각해서일 수도 있고, 내려야 할 곳이 멀지 않기 때문일 수도 있다. 앉을 자리의 위치나 좌석의 위생 상태가 마음에 들지 않아 서 있는 편을 택한 것일지도 모른다. 그러나 나는 그 점을 완전히 간과하고 있었다. 이유가 무엇이든 보통의 체력을 가진 사람들에게는 앉기와 서 있기, 두 가지의 선택지가 있다는 걸.

마트, 카트, 슬리퍼

하루는 친구가 단체 채팅방에서 어마어마한 말을 했다.

"그거 알아? 장 보고 집에 돌아와서 냉장고에 식재료 정리해 넣고, 직접 요리해서 식사한 다음 곧바로 설거지도 끝내고, 책상 앞에 앉아서 일할 수 있을 정도는 되어야 체력이 정상인 거래. 너희 이거 할 수 있어?"

"아니. 장 보고 집에 돌아오면 냉장고에 식재료 정리한 다음에 '흐어' 하고 쓰러져서 좀 쉬어야 해."

어차피 내가 정상 체력의 범주에 들 수 있으리라는 기대는 추호도 안 하지만 그 차디찬 진실과는 별개로 친구가 말해 준 정상 체력의 기준은 말도 안 된다고 생각했다. 그 모든 일을 쉬지도 않고 단숨에 해치우는 사람이 대체 어디에 있단 말인가. 하지만 곧이어 건강쟁이 친구들이 튀어나와 이렇게 답했다.

"그 정도는 주말마다 하지 않나?"

"평일에 밀린 일 주말에 몰아서 하다 보면 다 그렇게 되지."

나와 그들 사이에는 결코 뛰어넘을 수 없는 강이 흐르고 있었다. 이름하여 체력과 근력과 정신력의 강.

이쯤에서 저질 체력인 내 버전의 장보기 루틴을 소개한다. 장 볼 것이 그리 많지 않아도 카트는 꼭 끈다. 말랑한 팔로 장바구니를 들었다가는 필요가 아닌 무게를 기준으로 장보기를 마치게 되는 수가 있기 때문이다. 게다가 카트는 때때로 적재의 용도뿐만 아니라 일종의 보행기 역할까지 맡아 주기 때문에 나의 장보기에는 절대 빠질 수 없는 도구다.

손잡이는 쥐고 방향을 전환하기 위해서가 아니라 팔꿈치를 받치고 무게 중심을 옮기기 위해 존재한다. 부대

찌개 밀키트를 담을지 김치찌개 밀키트를 담을지 고민하는 그 짧은 순간에도 무조건 카트 손잡이에 기대고 있어야만 몸과 마음에 평화가 찾아온다. 얼마나 많은 것을 담을 수 있는지보다 갈대처럼 힘없이 흐트러지는 내 몸을 얼마나 든든하게 지탱해 주는지에 따라 카트를 향한 만족도가 달라진다.

고로 내게 카트란 너무 가벼워도 안 되고 너무 무거워도 안 되는, 쉽게 만족하기는 힘든 물건인 셈이다. 적절한 무게 중심으로 보행기 역할을 훌륭히 해낼 때에만 비로소 카트가 제 몫을 하는 것만 같다는 생각이 든다.

아, 물론 이게 끝이 아니다. 사실 비장의 무기는 따로 있다. 나는 장을 보러 갈 때마다 항상 밑창이 살짝 닳아 있는 슬리퍼를 신는다. 대형마트는 대체로 바닥이 반질반질 매끈해서 미끄럼 방지 기능이 떨어지는 슬리퍼를 신으면 굳이 다리 근육을 제대로 쓰며 걷지 않아도 스케이트 타듯 두 다리를 밀면서 이동할 수 있기 때문이다. "이 슬리퍼 밑창 닳은 것 좀 봐. 비 오는 날에 신었다가는 큰일 나겠어" 같은 말이 나온다면 최적의 상태다.

그렇게 밑창이 닳아 있는 슬리퍼와 함께 미끄러지

듯 장을 보고 돌아오면 곧장 냉장고로 가서 식료품을 정리한다. 바로 눕고 싶은 마음이 굴뚝같지만 애써 들고 온 냉동식품을 내 게으름과 나약함으로 인해 자연 해동할 수는 없으니까.

최소한의 의무를 다하고 나면 바로 소파나 바닥에 널브러진다. 예외는 없다. 장을 보고 정리하는 엄청난 일을 해치웠으니 회복할 시간이 필요하다. 장을 보고 돌아와 곧바로 요리를 한다는 건 어림없는 이야기다. 나는 형편없는 체력과 근력을 가졌으나 다행히 자기 객관화 능력은 멀쩡하다. 그러니 장바구니에는 항상 그날 데우기만 하면 먹을 수 있는 간편식을 담고, 조리의 수고는 언제나 에어프라이어에 맡긴다.

친구가 들려준 정상 체력의 기준과 실제 나의 삶을 비교해 보다가 여기에서 멈췄다. 다음 단계로 넘어갈 가치가 없었다. 어차피 그 이후로도 계속 누워 있을 게 뻔하지 않은가.

시골형
안 움직여 인간의 삶

안 움직여 인간은 도시형과 시골형, 두 부류로 나뉜다. 도시형 안 움직여 인간의 삶은 꽤 편리하다. 배달 음식부터 당일 배송까지 다양한 편의를 누릴 수 있으니까. 오늘 주문한 제품을 오늘 내 집으로 받아 볼 수 있다니, 모든 음식을 문 앞까지 배달시킬 수 있다니. 안 움직이기에 이보다 좋은 조건은 드물다.

어디 그뿐인가. 대도시에 산다면 삶을 꾸려 가는 데 꼭 필요한 움직임을 타인에게 위탁하는 것도 가능하다. 세탁물을 문 앞에 두면 깨끗하게 빨아 돌려준다거나 원하는 주기와 시간대에 방문해 청소해 주는 서비스도 있고, 심지어는 쓰레기를 대신 버려 주는 업체도 있다. 만일 내가 도시형 안 움직여 인간이었다면 제자리에서 꼼짝하지도 않고 모든 걸 집으로 소환해 해결했으리라.

그러나 나는 시골형 안 움직여 인간에 속하기 때문에 이러한 편리함을 누리지 못하고 산다. 우리 집은 경기도 양평, 그중에서도 깡시골에 위치해 있기 때문이다. 이렇게 이야기하면 "에이, 양평을 깡시골이라고 하긴 좀 그렇죠"라고 말하는 사람들이 많은데, 그건 양평을 잘 몰라서 하는 말이다. 양평 면적은 서울, 광주, 부산보다 훨씬 넓다. 그리고 사람들이 생각하는 양평은 높은 확률로 읍내 쪽이다. 관공서와 편의점, 각종 프랜차이즈 매장이 자리한 곳, 우리 집에서 약 30킬로미터나 떨어져 있는 곳 말이다.

우리 동네가 서울 근교의 가면을 쓴 깡시골이라는 데에는 정말 의심의 여지가 없다. 사람보다는 고라니가 훨씬 많고, 마을버스 정류장까지 가려면 약 50분을 걸어야 하며, 그 버스마저 하루에 몇 대 오지 않는다는 점에서. 한 다리만 건너면 모르는 사람이 없고, 피시방도 노래방도 없는 탓에 아이들이 하굣길마다 개울가에 들러 물수제비를 뜨며 논다는 점에서도. 배달의민족 앱을 켜면 언제나 '텅'이라는 글자만이 나를 반겨 주고, 눈이 오면 산길이 얼어서 오가지 못하고 고립되는 경우도 많다.

나는 이 동네에 살기 위해 대중교통과 배달 음식, 편의점을 모두 포기했다. 요즘 같은 세상에 어떻게 그렇게 사나 궁금해하는 사람도 많지만, 이미 10년 넘게 이런 삶의 방식을 유지해 온 터라 큰 불편함을 느끼지 못한다. 애초에 빠르게 살 체력이 없기 때문인지 유행도 유흥도 찾아볼 수 없는 이 느릿느릿한 동네에 꽤 만족하며 지내고 있다.

그렇다면 시골형 안 움직여 인간에게는 대체 어떤 메리트가 있을까? 나는 도시의 모든 편의를 포기하고 이곳에서 무엇을 얻고 있을까?

아침에 일어나 창문 앞에 서면 사람이라고는 코빼기도 보이지 않고 오직 빼곡한 나무와 부드럽게 이어진 산등성만이 펼쳐진다. 이 풍경을 보고 있자면 서울 지하철 9호선 급행열차에 몸을 싣고 대중 고통을 겪을 때와는 정반대의 기분이 차오른다. 극단적으로 낮은 인구밀도를, 쾌적함을 넘어 적막하기까지 한 시공간을 만끽할 수 있다.

그중에서도 가장 큰 묘미는 바로 '계절성 움직임'을 보일 필요가 없다는 데 있다. 팔팔하고 열정적인 건강쟁이들은 봄에는 꽃놀이, 여름에는 물놀이, 가을에는 단풍놀이, 겨울에는 스키장이나 아이스링크장에 가서 눈놀이를 즐긴다. 더워 죽겠는데도 굳이 나가서 아이스 아메리카노나 아이스크림을 사 먹고, 추위에 온몸이 떨리는데도 가슴에 현금 몇천 원을 품고 칼바람을 헤치며 붕어빵 트럭을 찾는다.

그러나 나는 계절과 상관없이 일 년 내내 집에 콕 틀어박혀 시간을 보낸다. 봄에는 마당에 벚꽃이 만개하고 여름에는 산에서 계곡물이 졸졸 흘러내리며, 가을에는 단풍이 물들고 겨울에는 온 세상이 하얗게 뒤덮이기 때문에 굳이 움직일 필요가 없다.

한없이 동네를 걸어도 아이스크림이나 아이스 커피를 파는 곳에 닿을 수 없고, 붕어빵 트럭 같은 건 눈을 씻고 봐도 찾을 수 없으니 '귀찮지만 먹고 싶으니까 앞에 나가서 얼른 사 올까'와 같은 유혹과도 거리가 멀다. 한마디로 계절성 움직임에서 완전히 자유로운 인생을 사는 셈이다.

이런 상황을 뭐라고 부르는 게 좋을까? 일관성 머무름? 습관성 부동? 어찌 됐든 계절의 변화를 굳이 찾아 나서지 않아도 창문을 통해 변화와 즐거움이 절로 굴러 들어온다는 건 안 움직여 인간에게 참 좋은 일이다.

인도어
스케이트

여덟 살 무렵, 부모님은 우리 자매에게 인라인스케이트를 하나씩 선물해 주었다. 내 건 하늘색, 언니 건 분홍색이었다. 내 것이 있는데도 언니가 가진 게 항상 더 좋아 보이는 이유는 무엇일까? 나는 동생이라면 응당 해야 할 일이기라도 한 것처럼 언니의 분홍색 인라인스케이트를 탐냈다.

엄마는 몇 년이 지나면 분홍색 스케이트가 언니 발에 작아질 것이며 그럼 내게 물려줄 거라고 나를 달랬다. 엄마의 말대로 가만히 기다리기만 하면 자연스레 내 것이 되니 조급하게 굴 필요가 없었다. 게다가 사실 예쁜 분홍색 인라인스케이트를 물려받게 되더라도 내게는 아무런 의미가 없었다. 나는 인라인스케이트를 탈 줄 몰랐다.

인라인스케이트를 선물 받기 이전까지는 발바닥에 바퀴가 달려 본 경험이 없었다. 그래서 바퀴 위에서 내 한 몸 제어하는 게 얼마나 힘든지 미처 알지 못했다. 인라인스케이트를 신고 날개를 단 듯 쭉쭉 바퀴를 밀며 뻗어 나가는 언니와는 다르게, 나는 앞으로 한 걸음도 나아가지 못한 채 필사적으로 놀이터 기둥을 붙잡고 있었다. 내 의지와는 상관없이 바퀴가 양옆으로 굴러가 두 다리를 강제로 찢어 버렸기 때문이다.

나는 속절없이 인라인스케이트에게 고문을 당했다. 그런 내가 안쓰러웠는지 아빠는 두 발의 방향을 안쪽으로 모아 보라고 충고해 주었다. 그 조언을 충실히 따랐으나 아무리 노력해 봐도 그냥 다리를 부들부들 떨며 힘겹게 제자리에 서 있는 게 내 최선이었다.

결국 분홍색 인라인스케이트는 물려받지 못했다. 비슷한 이유로 아이스 스케이트를 타는 데도 실패했다. 스케이트 보드도 마찬가지였다. 한때 초등학생 생태계를 강타했던 바퀴 달린 운동화, 일명 '힐리스'조차 신지 못했다. 발바닥에 무언가를 달아야 하는 모든 스포츠와 철저히 거리를 두며 살아온 셈이다.

그러나 이런 내게도 자신 있는 분야가 있으니, 일명 '인도어 스케이트'다. 비록 그 누구도 알아주지 않는 나만의 종목이지만, 쇼핑몰이나 지하철역 같은 실내에서 발을 들지 않고 바닥에 댄 채 미끄러지듯이 걷는 걸 그 누구보다 잘한다. 이러한 재능을 발견한 것은 우연히 친구와 쇼핑을 갔을 때였다.

"너 왜 그렇게 걸어?"

친구가 내 발을 내려다보며 말했다. 내가 이상하게 걷는다고는 단 한 번도 생각해 본 적 없었다. "내가 어떻게 걷는데?"라고 되묻자, 친구는 "다리를 전혀 안 들고 발을 앞으로 밀잖아. 스케이트 타는 것처럼!"이라며 신기해했다.

이전까지 전혀 의식하지 못했지만, 알고 보니 나는 바닥이 미끄러운 곳에 갈 때마다 나도 모르게 다리 근육을 최소한으로 사용하며 걷고 있었다. 한 치의 의도도 없는, 근력 부족을 보완하는 본능적 움직임이었다.

　　여전히 인라인스케이트를 신으면 한 걸음도 제대로 나아가지 못하지만 인도어 스케이트만큼은 내 전문이다. 다리 한 번 들지 않고도 남들이 걷는 속도에 맞출 수 있을 만큼 실력이 꽤 좋다. 마트에 장을 보러 갈 때처럼 밑창이 살짝 닳아 있는 슬리퍼와 함께라면 최적의 조건이겠지만, 빳빳한 새 운동화나 묵직한 로퍼를 신더라도 누구보다 잘 미끄러질 자신이 있다. 다만 제 실력을 고스란히 드러내기 위해서는 장소가 중요하다. 좋은 장비보다 중요한 건 스케이트장의 상태다.

　　내 경험상 인도어 스케이트에 가장 적합한 쇼핑몰은 서울 잠실에 위치한 롯데월드몰이다. 타일의 크기가 큼직큼직하고 표면이 적당히 미끄러워서 빙판 위의 스케이터라도 된 듯이 발을 쓱 밀며 쇼핑할 수 있다. 타일의 종류가 달라지는 지점마다 가능한 한 발이 걸리지 않도록 평평하게 이어 붙인 흔적이 보인다.

　　더현대 서울은 인도어 스케이트를 즐기기에 조금 애매한 구석이 있다. 젊고 트렌디한 분위기를 내기 위해서

인지 타일을 통일하지 않고 차이를 둔 공간이 유독 많다. 특히 타일의 종류만 달라지는 것이 아니라 바닥재가 아예 바뀌는 경우도 많아서 미끄러지듯 걷기 힘들다.

스타필드 하남은 세 곳 중 바닥 타일이 가장 미끄럽고 크기도 큼직하다. 인도어 스케이트를 타기에 최적의 조건이라고 생각할 수도 있지만, 아쉽게도 타일에 흠집 난 곳이 많아 발이 턱턱 걸린다. 미끄러운 만큼 내구성이 약한 탓일까. 인도어 스케이트장으로서 롯데월드몰을 뛰어넘으려면 주기적인 타일 교체가 필요해 보인다.

내가 쓸데없는 분석에 열을 올리는 것처럼 보일 수도 있다. 하지만 인도어 스케이트를 타기에 적합한 바닥이란 달리 말하면 휠체어나 유아차를 밀기 좋은 바닥이기도 하니 마냥 무의미한 이야기만은 아니다.

그렇게 미끄러지듯 걷다가는 근육이고 관절이고 남아나지 않을 거라는 친구의 핀잔 덕분에 요즘에는 다리 근육을 써서 걸으려 노력하고 있다. 한 줌뿐인 근육을 의식하며 다리를 들어 올리려니 어찌나 어색한지. 그러나 여전히, 롯데월드몰에만 가면 나도 모르게 발을 쓱 밀게

된다. 나는 아직 인도어 스케이터로서의 긍지를 잃지 않
았다.

신체 나이 50대,
실제 나이 20대

나는 꽤 오랜 시간 내가 안 움직여 인간이라는 사실에 문제의식을 갖지 못했다. 내가 뭐 범죄를 저지르는 것도 아니고, 착실히 일하고 부지런히 봉사하며 살면서 자유시간에는 대체로 누워 있겠다는 것뿐이지 않은가.

그러나 내 16년 지기의 생각은 조금 다른 것 같았다. 그의 직업은 물리치료사다. 오랜만에 만나 반가운 대화를 나눈 것도 잠시, 그는 도수 치료를 하듯 내 어깨를 잡더니 경악에 찬 눈길로 나를 훑어보았다. 입 밖으로 내지는 않았지만 나는 그의 선명한 목소리를 들을 수 있었다.

'휴일인데 왜 환자를 만나고 있는 기분이지?' 이런 생각을 하는 게 분명했다.

"내 환자 중에 30대 초반밖에 안 됐는데 벌써 엄청난 커리어를 이룬 사람이 있어. 너처럼 하루에 12시간 넘게 일만 하다가 실려 왔지. 어느 날 갑자기 하반신 마비 증상이 생겨서!"

친구는 종일 일만 하고 나머지 시간에는 가만히 누워 있는, 더 솔직하게 말하자면 두 가지를 동시에 할 때도 많은 지금의 내 생활 방식이 얼마나 위험한 것인지 강조하며, 사태의 심각성을 더 자세히 파악해 보려는 듯 등을 꾹꾹 찔러 댔다.

"내 몸뚱이는 지성을 담는 그릇이라고…."

내 말을 들은 친구가 어이없다는 듯 말했다.

"그릇이 깨지게 생겼는데도?"

그건 좀 곤란하다. 비록 이 그릇에 큰 기능은 없어 보이지만 그래도 잃고 싶지는 않다. SF 영화 속 미래 인류처럼 뇌만 살아서 서버에 데이터로 남을 생각을 하면 끔찍하니까.

하지만 그의 엄중한 경고가 들어맞았다. 얼마 뒤 나는 병원에 가서 피를 뽑고 상담을 받아야 했다. 너무 피곤해서 정신을 차릴 수 없었기 때문이다. 의사는 나에게 중추신경계 이상이 의심된다고 말했다.

"신체 나이로만 따지자면 50대나 다름없는 상태예요. 스트레스를 줄이라고 권하고 싶지만 그게 마음대로 될 리가 없으니, 일을 줄이세요." 그러고서 젊은 사람이 어쩌다 이렇게 됐냐는, 아주 딱하다는 표정으로 링거 주사와 영양제를 처방해 주었다. 당장 면역력을 올리는 데 몰두하지 않으면 40대부터 골골대며 살게 될 거라는 예언은 덤으로 주었다.

이쯤 되니 나도 내 몸의 심각성을 인지하기 시작했다. 눈 뜨면 일을 시작하고 새벽이 올 때까지 내리 앉아 있다가 너무 힘들면 노트북을 들고 침대로 이동하는, 눈이 감기기 직전에 겨우 노트북을 덮고 잠드는, 그런 생활을 청산해야 할 때가 왔다는 걸 깨달은 것이다. 한마디로 '이렇게 살면 안 된다는 자각'이었다.

내 평생의 꿈이라고 할 수 있는 양평에서 자연사하기를 이루기 위해서라도 이제는 정말 일을 줄이고 그 시

간에 운동을 해야지. 이렇게 다짐하면서도 흐느적거리며
다시 침대에 드러누웠다. 모든 자각이 행동으로 직결되
는 건 아닌 모양이었다.

건조한
곡선형 거북이

"요즘 거북이가 가장 많이 발견되는 곳이 어딘지 알아? 해안가도 바닷속도 아니고 오피스단지래."

이 농담을 들었을 때 나는 웃을 수 없었다. 판교든 여의도든 그게 문제가 아니었다. 그 거북이가 양평 산속에도 한 마리 살고 있었다. 나는 그저 조용히 턱 끝을 쏙 끌어당김으로써 한껏 구부정하게 살아온 그간의 업보를 청산해 보려 했다.

가만히 서서 팔을 일자로 자연스럽게 떨어트렸을 때 손등이 앞을 향하고 있다면 이미 어깨가 안쪽으로 말려 있는 것일지도 모른다는 어느 의사의 발언을 들었을 때 역시, 황급히 팔을 들어 올리는 것으로 사태를 무마하려 들었다.

거북목과 굽은 어깨, 안구건조증이 현대인의 필수품이라는 말은 종종 들어 왔지만 택일이 아니라 한 세트인 줄은 몰랐다. 정신을 차려 보니, 나는 어느새 건조한 곡선형 거북이가 되어 있었다.

사태의 심각성을 뼈저리게 느끼게 된 건 어느 날 갑자기 등에 통증이 생겼을 때였다. 평소처럼 모니터를 들여다보고 있는데 갑자기 등이 너무 아파 제대로 앉아 있기가 힘들었다. 혹시 근육이 뭉쳤나 싶어 폼롤러 위에 드러눕고 스트레칭을 하는 등 별짓을 다 해 봤지만 낫지 않았다.

그러다 갑자기 충격적인 생각 하나가 뇌리를 스쳤다. '이건 쓰라린 것도 따가운 것도 아닌 당기는 듯한 통증이다.' 정확하게 말하자면, 등 근육이 아니라 어깨의 뼈와 뼈 사이에 붙은 피부가 아팠기 때문이다.

급격하게 살이 찐 것도 아닌데 등의 피부가 당길 이

유는 딱 하나뿐이었다. 내 등에 붙은 피부의 면적은 그대로인데, 불판 위의 오징어처럼 어깨를 될 수 있는 대로 구부려 대니 피부가 당기는 듯한 통증이 생긴 것이다. 주인을 잘못 만나 혹사당한 불쌍한 피부에 로션을 발라 주고 스트레칭을 재개하자 언제 그랬냐는 듯이 통증이 줄어들었다. 대체 자세가 얼마나 안 좋길래 이런 참사가 벌어진 걸까.

그날부터 틈만 나면 포털사이트와 유튜브에 '자세 교정'을 검색했다. 운동을 해야 한다, 열심히 운동해 코어 근육을 만들어야만 자세가 바르게 잡힌다, 특히 오래 앉아 일하는 사람일수록 꾸준한 스트레칭을 통해 근육을 이완시켜야 한다. 전문가들이 진리에 가까운 조언들을 쏟아 냈지만 나는 애써 외면했다.

움직이지 않고 자세를 교정할 방법은 없는지, 꾸준한 노력 대신 내 고민을 한번에 해결해 줄 물건은 없는지 찾아 헤맸다. 군인들이 입는 전술 조끼처럼 비장하게 생긴 자세 교정 밴드부터 목 깁스처럼 보이는 자세 교정 받침대, 굴곡이 엄청난 자세 교정 베개까지. 자세 교정이라는 말만 들어가면 어찌나 그럴싸해 보이는지. 이러다가는 자세 교정 옥장판이라도 사게 될 것 같았다.

　나는 그 맹목적이고 비논리적인 소비 끝에, 결국 바른 자세에 도움이 된다는 최고급 사무용 의자를 사기에 이르렀다. 8만 원짜리 거북목 베개를 보고는 너무 비싸다며 툴툴거렸지만 200만 원이라는 비현실적인 가격을 접하니 오히려 판단력이 흐려졌다. '이 정도 가격의 의자라면 굽은 어깨와 등을 절로 펴 주는 마법을 부리지 않을까?' 하는 생각 때문이었다.

　말 그대로 미친 가격이었지만 나는 이제 자세 교정을 위해 무엇이든 할 준비가 되어 있었다. 오직 운동만 빼고! 그리고 의자를 극찬하는 어느 리뷰 속 한마디가 흔들리려는 마음에 결정타를 날렸다.

　"의자는 200만 원이지만 척추 수술 비용은 2000만 원이래요."

　이대로 살다가는 2000만 원을 쓰게 될 날이 머지않았다는 생각에 결국 6개월 할부로 의자를 집에 들였다. 결과적으로 의자는 그 명성대로 꽤 괜찮았다. 마법처럼 자세가 교정되고 코어 근육이 생기는 일은 없었지만 적어도 의자에 앉아 있는 동안에는 그리 힘을 들이지 않아도 바른 자세를 유지할 수 있었다.

그러나 그건 내가 의자에 등을 기댔을 때나 볼 수 있는 효과였다. 이미 굽을 대로 굽어 버린 어깨와 나올 대로 나와 버린 거북목 때문에, 정신을 차려 보면 어느 틈에 의자 등받이와 이별한 채 모니터 속으로 들어갈 듯 몸을 한껏 숙이고 있는 나 자신을 발견할 수 있었다.

1회에 20만 원짜리 도수 치료도 받아 봤다. 나를 담당한 물리치료사는 내 어깨를 잡아 보더니 "오우" 하고 소리를 냈다. "정말 단단하게 뭉쳤네요. 혹시 무슨 일 하세요? 평소 자세가 안 좋은가 봐요." 그는 물리적으로나 정신적으로나 나를 공격하고 있었다.

나는 20만 원을 내고 전문가에게 고문을 당했다. 그가 무게를 실어 내 등을 누를 때는 비명도 못 지르고 소리를 꿀꺽 삼켰다. 아플 때는 숨을 깊이 내쉬는 게 도움이 된다고 하는데, 너무 아프면 나도 모르게 '헙!' 하고 짧은 숨을 내쉬게 된다는 걸 몸소 체험했다. 치료가 끝난 뒤 물리치료사는 내게 이렇게 말했다. "환자분은 한두 번

오시는 걸로는 안 돼요. 그리고 아무리 도수 치료를 받으셔도 운동이랑 스트레칭을 병행하면서 자세 교정하지 않으면 말짱 도루묵이에요."

돈이면 무엇이든 해결된다는 이 자본주의 사회에서 진정 돈으로 살 수 없는 것은 무엇인가. 누군가는 사랑이나 행복이라고 답하겠지만 나는 바른 자세라고 말하고 싶다. 20만 원짜리 도수 치료도 200만 원짜리 의자도 꾸준한 운동과 스트레칭 같은 효과를 내지는 못하는 법이니까.

살이 잘 찌는
체질인데요

매년 연초가 되면 새해 목표 리스트에 '다이어트'라고 적곤 했다. 청소년 시절부터 그 일을 한 해도 빠짐없이 반복했다. 매년 실패했다는 뜻이다.

"여자들은 맨날 다이어트 한다면서 왜 먹는 걸 못 참아요?"라는 어느 방송인의 농담에 웃을 수도, 시대착오적 농담이라고 비판할 수도 없었다. 그 말대로 나는 다이어트를 열심히 할 때도, 하지 않을 때도 언제나 살을 빼야 한다는 강박과 함께 살았기 때문이다. 심지어 입안에 치즈케이크를 집어넣으면서도 한숨을 푹 내쉬며 말했다. "아, 진짜 다이어트 해야 하는데!"

다이어트란 내게 철천지원수 같은 존재였다. 다이어트, 식단 조절, 유산소 운동! 어린 시절부터 성인이 될 때까지 나를 그림자처럼 따라다니며 죄책감을 주던 이름들이다. 살이 잘 찌는 체질이기 때문에 더더욱 그랬다.

혹자는 말한다. "살이 잘 찌는 체질이라니. 그냥 의지박약형 인간의 변명 아니야? 먹은 만큼 찌고 움직이는 만큼 빠지는 거지."

이런 말을 들을 때마다 나는 뿌옇게 먼지 쌓인 앨범을 꺼내 진실을 아주 뚜렷이 입증하고 싶은 욕구를 느낀다. 음식 섭취의 선택권 없이 오직 분유만 먹고 살던 신생아 시절부터 4단 소시지 팔을 자랑했던 나의 '통통 일대기'를!

유난히 포동포동하고 둥그런 아기였던 나는 10여 년이 지난 초등학교 5학년 무렵에는 키 162센티미터의 눈에 띄게 큼직한 어린이가 되어 있었다.

물론 그동안 통통한 체형을 쭉 유지했다. 하루 종일 뛰어놀아도, 저녁을 굶어 봐도 마찬가지였다. 한배에서 태어난 세 살 터울의 언니가 갈비뼈가 보일 정도의 마른 체형으로 성장해 온 것과는 아주 대조적인 일이었다. 가끔은 너무 억울했다. 또래보다 특별히 많이 먹은 적도 없는데, 왜 죽도록 노력하지 않으면 항상 통통한 걸까?

그러다 열세 살 무렵 체형의 비밀을 깨닫는 계기가 생겼다. 가장 친한 친구가 혼자 피자 한 판을 해치우는 모습을 본 것이다. 그는 나보다 키가 조금 작고 아주 말랐는데 3분 안에 햄버거 세트 하나를 먹어 치우는 엄청난 실력을 지니고 있었다. 함께 즉석 떡볶이라도 먹는 날이면 내가 떡 10개를 집어 먹기도 전에 냄비 하나를 후딱 비우고는 말했다. "매운 거 먹었더니 이제 느끼한 피자 땡긴다."

작은 몸에 어떻게 그 많은 음식이 다 들어가냐며 내가 놀라워할 때마다 "우리 가족은 다 이렇게 먹어"라는 태연한 답이 돌아오곤 했다. 더 신기한 건 만 칼로리 챌린지를 하듯 먹어 치워도 절대 살이 찌지 않는 그의 체질이었다. 음식을 입안에 쏟아붓고 바로 누워 잠드는데도, 짜장면 한 그릇을 후루룩 마시면서도 항상 종잇장처럼 가느다란 몸을 유지했다. 허벅지 사이가 붙는다는 게 뭔지,

팔뚝이 둥글다는 게 뭔지 절대 모를 것만 같았다.

"너 대체 몇 킬로야?"

"글쎄. 35킬로 되나? 모르겠네."

자주 재 보지 않아서 모른다는 그 대답을 듣고서야 알 수 있었다. 아, 이건 내가 어찌할 수 없는 영역이로군.

그래도 나는 포기하지 않았다. 살이 잘 찌는 체질이라고 해서 날씬한 체형이 될 수 없는 건 아니니까. 사춘기가 시작된 열네 살부터 열아홉 살쯤까지, 다이어트라는 새해 목표를 매년 충실히 이행해 162센티미터에 46킬로그램을 유지했다. 매일 강박적으로 2시간 가까이 운동하고 현미밥과 닭가슴살만 우적우적 씹어 먹는 괴상한 다이어트를 꽤 오랫동안 지속한 덕분이었다.

먹고 싶은 걸 마음껏 먹는 대신 운동만 열심히 하면 된다는 이야기가 아무래도 내게는 해당되지 않는 것 같았다. 땀이 뻘뻘 흐를 정도로 운동해도 식단을 무리할 정도로 절제하지 않으면 늘 살이 붙었다. 그래서 냉동 닭가슴살을 주문했다가, 너무 질리면 훈제 오리를 물에 삶아 먹었다가, 너무 비싸서 비용이 부담되면 곤약 젤리로 식사를 대체하는 해롭기 짝이 없는 식습관을 유지했다.

　이 때문인지 열두 살에 이미 162센티미터였던 내 키는 이후 10년간 겨우 3센티미터 더 자라 165센티미터에서 성장을 멈췄다. 보통은 부모보다 자녀의 키가 조금 더 큰 경우가 많다는데, 나는 엄마보다 작은 키에 머물게 된 것이다. 성장기에 무리한 다이어트를 하지 않았더라면 내 꿈의 키인 168센티미터를 달성했을지도 모르는 일이다. 몸무게 몇 킬로그램 줄이는 게 대수가 아니라는 걸 그때는 미처 몰랐다.

다이어트는
그만두겠습니다

성인이 된 이후 한동안은 무리한 다이어트와 약간의 거리를 두며 살게 됐다. 정신을 차렸기 때문이 아니라, 먹고사는 일만으로도 바빴기 때문이다. 이제 더 이상 2시간씩 운동할 만큼 한가하지도, 닭가슴살만 먹은 상태로 밤을 새워 일할 만큼 무모하지도 않았다. "식사 한번 하시죠"라는 업무 약속을 거절할 수도 없었다. 미친 듯이 폭식을 하며 산 것도 아니고 그냥 사람답게 산 것뿐인데 매년 차곡차곡 살이 쪘다.

불어나는 체중만큼 스트레스도 커졌다. 또다시 다이어트를 시작했다. 디톡스 다이어트, 원푸드 다이어트, 저

탄고지 식단, 검은콩 다이어트, 마녀수프, 지중해식 식단, 간헐적 단식…. 안 해 본 게 없을 지경이었다.

나는 빈틈없이 딱 맞는 스키니진을 다이어트의 기준으로 삼았는데, 통이 너무 좁은 나머지 무릎을 구부릴 때마다 로봇처럼 삐걱거리며 움직여야 하는 그런 바지였다. 그 좁은 바지통에 다리가 들어가지 않을 때마다 다이어트를 했다. 양배추와 닭가슴살만 삶아 먹고 아침 일찍 일어나 1시간 30분씩 운동을 하니 한 달 만에 9킬로그램이 빠졌다.

딱 맞던 바지가 오히려 널널해졌다. 얼굴은 갸름한 달걀형이 됐다. 하지만 그게 전부였다. 너무 힘이 없어서 눈을 감고 가만히 앉아 있는 시간이 늘었다. 자는 것도 깨어 있는 것도 아닌 일종의 절전 상태였다. 미용실에 갈 때마다 어쩜 이렇게 머리숱이 많냐는 소리를 들었었는데, 어느새 정수리에 하얀 틈이 보였다. 어느 날부터는 피부에 두드러기가 났다. 팔과 다리에 정체 모를 붉은 반점이 생기기도 했다. 꿈에 그리던 몸매를 유지하기 위해서는 지속 불가능한 생활을 지속해야만 했다.

어쩌다 아빠가 퇴근길에 치킨이라도 사 오면 그렇게

원망스러울 수가 없었다. 문을 꾹 닫고 방에 들어가 억지로 눈을 감고 내일이 오기만을 바랐다. 누구보다도 강한 의지로 몇 개월간 완벽하게 습관을 지키다가도 조금이라도 긴장을 늦추면 바로 요요가 왔다. 3개월 동안 10킬로그램을 빼고 나면 한 달 만에 다시 15킬로그램이 찌는 식이었다.

결국 나는 다이어트를 하기 전보다 훨씬 불어난 몸을 안고 살아야만 했다. 사람마다 건강한 체형이라는 게 다 다른 법인데, 내 몸을 아끼지 않고 젓가락처럼 마른 다리만을 동경한 대가를 치르게 됐다. 불행한 다이어트에는 더 큰 불행이라는 이자가 붙었다.

이렇게 몇 년의 다이어트를 반복한 후 내게 남은 것은 딱 하나였으니, 그건 바로 멋진 몸매도 건강한 생활 습관도 아닌 '운동하기 싫은 마음'이었다. 나는 칼로리를 소모해야 한다는 압박 속에서 모든 움직임에 의미를 부여하려 했다. 어차피 조금 움직여 운동 효과가 없을 바에야 차라리 침대 위에서 꼼짝하지도 않겠다는 대쪽 같은 고집을 가진 자가 된 것이다. 그러니 어쩌다 가끔이라도 운동을 하게 될 때면 정말이지 죽상을 하고 그 시간이 빨리 지나가기만을 기도했다.

이제 모든 게 지긋지긋했다. 오랜 다이어트는 나와 운동 사이에 놓인 담을 더 공고히 하는 계기가 되었다. 살을 빼겠다며 매일 200개가 넘는 스쿼트를 하고, 3000개씩 줄넘기를 하던 날들이 언젠가부터 아득한 꿈처럼 느껴졌다. 그렇게 나는 진정한 '안 움직여 인간'으로 거듭났다.

체육 수행평가에서 A+를 거머쥐고, 정글짐 꼭대기에 가장 먼저 도달하고, 트램펄린 위에서 몇 시간이고 내려올 줄 모르던 어린 시절의 활동성은 더 이상 한 톨도 남아 있지 않았다. 그런 생각을 하니 괜히 서글퍼졌다. 이제 다이어트 같은 건 그만두고 몸을 움직이는 즐거움을 찾고 싶었다.

2장

재미있는 운동이라는 게 있긴 한가요?

운동도
사치일까요?

"내 소비의 9할은 먹는 거야. 어제는 돈가스, 오늘은 떡볶이, 내일은 마라샹궈를 먹는 게 내 삶의 기쁨이라고!"

유난히도 먹는 걸 좋아하는 한 친구가 자신의 카드 결제 내역을 보여 주며 이런 이야기를 한 적이 있다. 필요 이상의 돈을 쓰는 걸 사치라고 부른다지만, 사람마다 아낌없이 돈을 쓰게 되는 분야가 하나씩은 있다고.

생각해 보니 얼추 맞는 말 같았다. 나의 경우, 책에는 돈을 아끼지 않는다. 책장을 꽉 채우고도 모자라 여기저기 쌓아 두어야 할 정도로 책을 사들인 다음 카드값을 보며 후회하는 타입이다. 한 권의 책을 다 읽기도 전에 새로운 책을 사기 때문에 늘 네다섯 권의 책을 동시에 읽는 병렬 독서 상태에 놓인다. 현금은 사라져도 지성은 남지 않냐며 과소비를 합리화하는 것도 잊지 않는다.

한편, 내가 가장 이해하기 힘들어하는 부류가 있으니 그건 바로 운동에 돈을 아끼지 않는 사람들이다. 필라테스 학원에서 106만 원을 긁었다거나 200만 원을 들여 헬스 PT를 끊었다는 이야기를 들을 때면 늘 경이로움을 감추기 힘들다. 거금을 주고 기꺼이 고통을 사는 그 의지와 결심을 나는 죽어도 이해하지 못할 것이다.

비록 운동을 향한 의지와 열정은 바닥을 기는 상태였으나, 무거운 물건을 척척 들고 마라톤을 완주하고 가뿐하게 풋살을 뛰는 친구들을 보고 있자면 나도 저런 사람이 되고 싶다는 생각이 스멀스멀 피어오르긴 했다.

아니, 사실은 그 정도까지 바라지도 않았다. 지하철을 탈 때마다 끝없이 펼쳐진 계단을 보고 하늘이 무너진 듯한 절망감을 느끼는 일을 그만둘 수만 있어도 좋을 것 같았다. 유산소고 무산소고, 그런 것을 가릴 처지가 아니었다. 산타 할아버지에게 체력이든 근력이든 가리지 않을 테니 하나만 달라며 떼를 쓰고 싶었다.

내 한 몸 챙기기도 버거운 나와는 다르게 내 주위의 팔팔하고 건강한 친구들은 나의 건강에도 관심을 기울였다. 건강한 삶이 무엇인지 알고 있는 그들의 입장에서는 저질 체력의 구렁텅이에 빠져 버린 내가 안쓰러워 보였는지 저마다 자신이 생각하는 가장 좋은 운동을 추천해 주었다.

그들의 단단한 근육에서 우러나오는 진심에 탄복한 나는 이내 역사 깊은 '안 움직여 생활'을 청산하고 운동에 도전해 보기로 결심했다. "너처럼 체력도 없고 근력도 없는 사람은 헬스장에 가서 가벼운 유산소나 맨몸 운동부터 시작해 기본적으로 몸의 움직임에 적응하는 게 좋아"라는 친구의 조언을 받아들여 헬스장에 가기로 한 것이다.

처음에는 무작정 혼자 시작하기보다는 기구를 사용하는 법과 부상 위험 없는 자세를 배우는 게 좋다는 말을 듣고 가까운 헬스장에 PT 가격을 문의했다. "1회에 5

만 5천 원, 40회 200만 원입니다. 헬스장 이용권은 포함되어 있어요."

갑자기 자립심이 샘솟았다. 통장 잔고가 내게 속삭였다. 이건 혼자 해내야 할 일이라고. 운동도 사치에 포함될 수 있는지는 몰라도, 운동에 그렇게 큰돈을 쓴다는 것 자체가 너무 아깝게 느껴졌다. 마치 싫어하는 사람에게 줄 선물을 사는 기분이었다.

결국 여러 합리화를 거친 끝에 PT가 아닌 일반 이용권을 손에 쥐게 되었다. 3개월에 12만 원이었다.

헬스장
혹사 사건

　　　　　　운동하기에 가장 좋은 시
간은 언제일까? 누군가는 아침 공복에 해야 효과가 좋다
고 하고, 누군가는 자기 전에 운동하면 불면증이 싹 사라
진다며 추천하곤 하지만, 나는 애매한 낮 시간대를 택했
다. 가뜩이나 졸리고 피곤한데 이른 아침부터 일어나 운
동한다는 건 내 인생에 있을 수 없는 일이었고, 저녁 늦
은 시간에 가자니 퇴근 후 곧바로 헬스장에 출석한 '광기
의 직장인들'에게 괜히 주눅이 들기 때문이었다.

　　결국 프리랜서 생활의 장점을 백분 활용해 헬스장이
텅 비어 있는 오후에 은밀하게 오가기로 했다. 일하다 말

고 헐레벌떡 헬스장에 갔다가 다시 돌아와 씻고 마저 남은 일을 하는 다소 비효율적인 루틴이 생성되었으나, 그래도 그 편이 마음 편했다.

처음 며칠 동안은 조용히 러닝머신만 탔다. 할 줄 아는 게 걷는 것뿐이었으니까. 더 정확하게 설명하자면 유튜브나 넷플릭스를 보면서 움직임의 고통을 잊어 보려 애를 썼다. 어쩌다 이어폰을 집에 두고 온 날이면 하늘이 무너진 것처럼 슬퍼하기도 했다.

그러다 문득 돈이 아깝다는 생각이 들었다. 남들과 똑같은 돈을 내고 헬스장에 다니는데 수십 개의 기구를 두고 러닝머신만 사용하다니, 내 손해 아닌가! 오직 그렇게 단순하고도 불순한 생각으로 근력 운동기구가 모여 있는 코너에 입성했다.

약한 악력으로 병뚜껑 따는 법, 마트에 가서 장 볼 때 최대한 덜 걷는 법 같은 것은 내 전문이지만 '프레스', '익스텐션' 같은 낯선 이름을 지닌 기구들 앞에 서니 아무것도 할 줄 아는 게 없었다. 기구 앞에서 혼자 얼쩡거리던 그때, 한 트레이너가 친절한 미소를 지으며 다가와 자세를 봐 주겠다고 말했다. PT를 끊은 것도 아닌데 이렇게 관심을 주다니 부끄러웠다. 아무래도 엄청난 영업왕인 게 분명했다.

　"처음이니까 이만큼만 해 보시겠어요?"
　트레이너가 무게추를 훅 덜어 내며 말했다. 나는 이 정도는 누구나 할 수 있다고 철석같이 믿는 듯한 그 순진무구한 미소에 보답하고자, 튀어나오려는 괴성을 속으로 삼키며 겨우겨우 허벅지를 몇 번 움직였다. 트레이너가 나에게서 멀어지면 슬쩍 무게를 더 덜어 낼 생각이었다.
　불행히도 그는 아주 열정적인 사람이었다. 몇 번의 동작을 마치자 다른 기구로 나를 안내했고, 나는 슬라임처럼 흐물거리는 발걸음으로 따라붙었다. 매몰차게 거절하기에는 그가 너무 친절했다. 녹초가 되어 더는 못 하겠다는 나에게 트레이너는 "괜찮아요! 할 수 있어요!"라는 힘찬 응원을 보내 주었다. '선생님이 절 몰라서 그래요!'라는 말이 목구멍까지 올라왔지만 차마 내뱉을 수 없었다. 친절하고 다정한 트레이너를 실망시킬 수는 없었다. 그렇게 나는 무려 1시간 동안 트레이너가 시키는 대로 나의 한 줌뿐인 근육을 혹사해야 했다.

　마지막까지 그는 나를 그냥 보내 주지 않고 인바디 기계 위에 세웠다. "이 수치 보이세요? 지금 근력이 엄청나게 부족한 상태예요." 보통 사람이라면 충격을 받을지 모르겠지만 안 움직여 인간인 내게는 '여기는 한국입니다'처럼 뻔한 이야기로 들렸다.

　후들거리는 다리로 헬스장 계단을 내려오며 생각했다. 그가 맑은 눈을 반짝이며 다가올 때부터 수줍게 거절했어야 했다고. 어쩌다 맹수의 눈에 띄어 이런 고난을 겪느냐 말인가. 이게 효과가 있겠나 싶은 강도로 운동을 해도 나약한 내 몸은 비명을 질러 대는데. 이런 부위에서도 통증을 느낄 수 있는 건가. 20년 넘게 깃들어 산 몸이 이렇게 생경할 수 있는 건가.

　예상치 못하게 일일 무료 PT 체험을 한 문제의 그날 이후, 나는 그 트레이너를 슬금슬금 피해 다녔다. 3개월 이용권이 끝나 갈 무렵 얼추 계산을 해 보니 12만 원 중 대략 8만 원 정도를 헬스장에 기부한 셈이라는 결론이 났다. 헬스 기구가 그렇게 비싸다는데, 친절한 트레이너가 있는 헬스장에 조금이나마 보탬이 되어 다행이었다.

뉘 집 5초가
이렇게 깁니까

비슷한 시기에 필라테스에도 도전해 봤다. "코어 근육을 길러 주니 하루 종일 앉아서 글만 쓰는 너에게 딱!"이라는 친구의 추천 덕분이었다.

나의 나약한 의지력을 생각하면 처음부터 거액을 투자하는 게 꺼려졌는데, 마침 멀지 않은 곳에서 필라테스 원데이 클래스가 열린다는 소식을 듣고는 바로 결제 버튼을 눌렀다. 근력과 자세 교정에 좋다 하니, 우선 경험해 본 다음 재미를 붙이면 될 것 같았다.

수업이 시작되자, 우아하고 부드러운 목소리를 가진 선생님이 입장했다. 필라테스 강사가 되려면 목이 길어야 하는 걸까? 목소리도 나긋나긋해야 하고? 내게 다가올 극심한 고통을 모른 채 쓸데없는 생각을 하고 있는 사이 가벼운 스트레칭이 시작되었다.

"매트 위에 두 발을 딛고 숨을 깊게 들이쉬어 보세요. 몸의 움직임을 느끼면서, 자… 이제 골반을 열고…"

골반은 뼈인데 열 수 있나? 주리를 트는 느낌인가?

"천천히 내려갈게요. 모든 관절의 꺾임을 하나하나 느끼면서 분~ 절~."

모든 관절의 꺾임을 알아채기 위해서는 제3의 눈이라도 필요한 걸까? 어휘력과 상상력이 좋은 편이라고 생각했는데 도무지 설명을 이해할 수 없어 나는 점점 혼란에 빠졌다.

필라테스 동작들은 자꾸만 내 능력치 이상의 것을 요구했다. 결국 고장이 난 나는 끈이 하나씩 뚝뚝 끊기는 마리오네트처럼 점점 바닥으로 상체를 떨어트렸다. 고개를 돌려 피 쏠린 얼굴로 주위를 정찰해 보니 분절을 이해하지 못하는 사람이 꼭 나 혼자만은 아닌 것 같았다. 내

양옆의 사람들도 모두 혼란스러운 표정을 짓고 있었다. 우리 모두 입문자용 원데이 클래스를 들으러 온 입장이니 어쩌면 당연한 일인지도 모른다.

필라테스 기구에 오른 다음에도 괴로운 시간이 이어졌다. 그리스 신화에 나오는 프로크루스테스의 침대 위에 누운 기분이었다. 선생님은 나를 기구 위에 눕힌 뒤 다리를 붙잡아 늘렸다. '하하, 너는 기구에 비해 운동 범위가 좁구나. 내가 딱 맞게 늘려 주마'라는 환청이 들렸다.

"5초만 버틸게요. 하나, 둘, 숨 깊게 들이마시고 셋⋯."

선생님은 초를 제대로 셀 줄 모르는 게 분명했다. 뉘 집 5초가 이렇게 길단 말인가.

수업이 시작되고 30분 정도 흘렀을까. 나는 머릿속으로 선생님의 말투를 분석하는 지경에 이르렀다. 무엇이든 좋으니 고통을 잊게 할 흥밋거리가 필요했기 때문이다. 그 과정에서 선생님이 '깊이'라는 말을 자주 쓰며, 그 말을 꼭 길게 늘여서 '기이입히이'라고 발음하는 경향이 있다는 걸 발견했다. 선생님의 수많은 요구 사항 중 내가 제대로 따라 할 수 있었던 단 하나가 바로 숨을 '기이입히이' 쉬는 거였다.

헬스가 주는 고통이 직선형이었다면 필라테스의 고통은 나선형이었다. 이토록 조용하고 차분하게 땀을 비오듯 흘릴 수 있다는 걸 처음 알았다. 수업이 끝난 뒤 또다시 후들거리는 다리로 계단을 내려오면서 생각했다. 필라테스도 나와는 안 맞는다고.

운동을 결심하면서 한 가지 간과한 것이 있었다. 나는 어제도 집에 있었고, 오늘도 집에 있으며, 내일도 집에 있을 집순이라는 것을. 헬스장에 가서 아령을 집어 들거나 필라테스 학원에서 기구 위에 오르는 건 둘째 치고 그냥 집 밖으로 나가는 일, 게다가 엄청나게 하기 싫은 일을 위해 나가야 한다는 사실 자체가 나에게 견디기 힘든 중압감을 준다는 것을.

순발력과
판단력 사이

초등학생 시절, 학교 체육 시간이 되면 속으로 이렇게 빌었다. '제발, 제발 피구만 시키지 마세요!'

친구들이 피구 하는 시간을 가장 좋아하던 것과는 정반대였다. 정확하게 사람을 조준해 공으로 때리고 또 맞는 놀이라니. 어쩌다 이렇게 잔혹한 스포츠가 교육 현장에 자리 잡게 되었을까. 공을 싫어하는 나는 늘 맞히기 쉬운 가장자리에 서 있다가 못 이기는 척 아웃되곤 했다. 같은 편 친구들에게는 미안한 일이지만 나는 한시라도 빨리 외야수가 되는 편이 좋았다.

단체 줄넘기도 내가 싫어한 운동 중 하나다. 단체 줄넘기를 할 때면 마치 누군가 마구 휘두르는 채찍 사이를 무사히 파고 들어가라는 미션을 받은 기분이었다. 게다가 한 명이라도 줄에 걸리면 모두가 하던 동작을 멈추고 처음부터 다시 해야 하는 룰도 싫었다. 순발력 부족으로 인해 모두의 주목을 받아야 한다는 건 자라나는 어린이에게 너무 가혹한 일 아닌가.

중학생이 된 뒤에는 피구나 단체 줄넘기에서 더 나아가 배드민턴을 배웠다. 배드민턴 수행평가 방식은 아주 정직했는데, 선생님이 던진 셔틀콕을 가능한 한 많이 받아치는 사람이 높은 점수를 받는 거였다. 운동 욕심은 없어도 점수 욕심은 컸던 나는 아빠에게 개인 강습을 받기로 했다.

우리 아빠는 언뜻 평범한 아저씨처럼 보이지만 생활체육 마스터로, 동네 배드민턴 클럽을 제패하고 군 대회까지 나가 입상하는 등 화려한 경력을 소유하고 있다. 연습을 위해 아빠가 활동하는 배드민턴 클럽에 쫄래쫄래 따라갔다. 나는 회원비를 납부하지 않은 방문객이었지만, 아빠가 배드민턴 클럽 회원들에게 "우리 둘쨉니다"라고 말할 때마다 꾸벅 인사를 한 대가로 가장 구석에 있는 코트를 무상 점유할 수 있었다.

아빠가 셔틀콕을 가볍게 톡 쳐서 보내면 그 자리에서 받아치는 걸 연습하기로 했다. 이렇게 경기가 아니라 셔틀콕을 받아치는 데만 집중하는 일종의 몸풀기를 '난타'라고 부른다고 아빠가 알려 주었다. 한마디로, 내가 지금 어떠한 기술도 없이 셔틀콕을 마구 때리고 있다는 뜻이었다.

코트 반대편에서 셔틀콕이 통 소리를 내며 날아올 때마다 나는 겁을 먹었다. 내게 날아오는 건 가벼운 셔틀콕이든 얇은 줄이든 폭신한 피구공이든 그 형태와 무게를 막론하고 모두 두려워하는 특이한 성향이 있기 때문이다. 이 두려움은 날아오는 장애물을 가볍게 받아치거나 잽싸게 피할 만한 동체 시력과 순발력이 부족하다는 자각에서 생긴 것이다.

몇 번의 연습 끝에야 올곧게 날아오는 셔틀콕을 얼추 받아칠 수 있게 되었다. 그러나 아빠는 이에 만족하지 않고 수행평가 고득점을 향한 새로운 훈련을 시도했다. 갑자기 보내는 방향을 가운데에서 왼쪽으로 튼 것이다. 셔틀콕이 나를 향해 떨어지던 순간 나는 깨달았다. 몸을 틀어 받아치기에는 이미 늦었다는 것을. 나는 왼쪽으로 빠르게 몸을 움직이는 대신 오른손에 있던 라켓을 던져 왼손으로 옮겨 쥐는 걸 택했다. 난 양손잡이다.

결국 얼떨결에 왼손으로 셔틀콕을 받아치는 데 성공했다. 그런 나를 본 아빠는 몇 초간 멍한 표정을 짓다가 이내 웃음을 빵 터뜨렸다. "이걸 운동 신경이 있다고 해야 할지 없다고 해야 할지 모르겠네."

라켓을 양손으로 휘두르는 건 룰에 어긋난다는 걸 그날 처음 배웠다. 경기로 따지자면 엄청난 반전을 선사하는 순간이었는데, 이 화려한 양손 스킬을 인정받지 못한다니 왠지 억울했다.

어쨌거나 날아오는 공을 잽싸게 피한다든지, 빙빙 돌아가는 줄 사이에 가뿐히 안착한다든지, 빠르게 코트를 가로지른다든지 하는 순발력이 내게는 없다. 그러나 그 대신 '내 순발력으로 지금 당장 달려가는 건 무리'라는 빠른 판단력과 철저한 자기 객관화 능력이 있다. 순발

력 대신 판단력이라니. 이만하면 나쁘지 않은 밸런스 아
닐까.

재미있는 운동이라는 게
있긴 한가요?

가장 보편적이고 접근하기 쉬운 운동이라는 헬스와 필라테스를 경험해 보고 나니, 운동의 즐거움에 관한 강한 의구심이 생겼다.

사실은 '운동은 재미있는 것'이라며 사람들을 세뇌하는 비밀 세력이 있는데, 나는 미처 그 음모의 대상자가 되지 못한 게 아닐까? 정말 이렇게 자신을 고문하는 게 재미있는 걸까? 아니면 다들 나처럼 죽을 만큼 하기 싫지만 어쩔 수 없이 '우리에게 주어진 몸은 하나뿐이며 이 몸을 평생 건사해야 한다는 사실'을 받아들여서 애써 운동의 재미를 찾기로 한 걸까?

결국 나는 지인들을 대상으로 자체 설문 조사를 진행해 보기로 했다. 질문은 아주 단순했다.

운동하는 게 즐거운가요?
정말로 재미있어서 하는 건가요?

표본은 겨우 스무 명 남짓이었지만 놀랍게도 답변의 양상이 아주 분명하게 세 그룹으로 나뉘었다. 먼저 '운동 좋아 인간' 그룹이다. 이들은 운동하지 않으면 몸이 찌뿌둥하다는 이해할 수 없는 고통을 토로한다. 평일이든 주말이든 꼭 운동할 시간을 빼놓으며, 심지어는 여행지에 가서도 헬스장을 찾는다. 자신보다 무거운 기구를 들어 올릴 때, 숨이 턱밑까지 차도록 달릴 때, 운동으로 몸이 조금씩 단단해질 때 희열을 느낀다. "운동한 후의 개운함과 상쾌함을 너도 한번 느껴 봐야 한다"라며 운동을 적극적으로 추천하는 것이 이들의 공통점이다.

'건강 걱정 인간' 그룹도 꽤 높은 비율을 차지했다. "힘들어 죽겠지만 진짜 죽는 것보다는 나으니까"라고 이야기하며 운동하는 부류다. 이들은 퇴근 후 죽을상이 되어 운동하러 간다. 병원에서 이렇게 살면 큰일 난다는 경고를 받았거나 병원에 가게 되기 전 자기 자신을 구제해보겠다며 의지를 다잡은 사례가 대부분이다. 병원비를 내느니 운동에 돈을 쓰는 게 낫겠다는 합리적 판단을 내린 것이다. 이들이 자주 하는 말로는 "힘들어 죽겠다" "일 끝나고 또 헬스장에 가야 한다니 이게 사는 거냐" 등이 있다.

마지막으로, 내가 속한 '안 움직여 인간' 그룹이다. 웬만해서는 침대 위를 벗어나지 않고 운동은커녕 산책조차 하지 않는 엄청난 저질 체력의 소유자들. 건강을 걱정하지 않는 건 아니지만 종일 누워 있기만 하는 작금의 사태를 개선할 만큼의 의지는 없는 부류. 사회에서는 정체를 숨기고 있기 때문에 눈에 띄지 않지만 사실 각자의 집에서는 누구보다 충실히 누워 있는 사람들. 우리는 누군가 집 안에 CCTV를 달아 확인하지 않는 이상은 정체를 숨기며 살아갈 수 있다.

인간은 '운동 좋아' '건강 걱정' '안 움직여'로 나뉘며, 이 세 부류는 마치 물과 기름처럼 너무나 다른 본성을 타고나 서로 간의 이동이 힘들다는 이론을 나는 아주 오랫동안 믿어 왔다. 그러나 얼마 전부터 신기한 현상을 발견할 수 있었다. 인상을 팍 쓰며 꾸준히 운동하던 몇몇 '건강 걱정 인간'들이 점점 '운동 좋아 인간'으로 진화하기 시작한 것이다.

퇴근 후 금방이라도 녹아내릴 듯한 걸음걸이로 헬스장으로 향하던 친구들이 이제는 "토요일인데 뭐 해?"라는 질문에 "운동하지!"라는 쾌활한 답을 보내오기 시작했다. 언젠가부터 뭐 하냐는 질문을 던지면 운동하러 가고 있거나, 운동하고 있거나, 운동하고 집에 돌아가는 길이라는 답변이 주를 이뤘다.

나는 이때까지만 해도 그들을 나와 전혀 다른 부류로 여겼다. 즉 '건강 걱정 인간'이 '운동 좋아 인간'으로 진화하는 건 가능하지만 '안 움직여 인간'이 '운동 좋아 인간'으로 진화하는 건 불가능하다고 생각했다. 사실 '건강 걱정 인간'들은 태초부터 몸을 움직이는 것 그 자체에 흥미를 느낄 수 있는 사람들이나, 바쁘게 돌아가는 현대 사회에 발맞춰 공부나 일에만 매진하다가 뒤늦게 적성을 찾은 건 아닐까.

나는 학창 시절 악력 테스트에서 8킬로그램이라는 점수를 기록해 선생님을 놀라게 한 모태 말랑말랑 인간이다. 그때 같은 반 여학생 최고 기록이 30킬로그램이었다는 점, 내 딴에는 정말 최선을 다한 점수였다는 점을 고려하면 내가 운동 좋아 인간으로 진화하는 건 더더욱 희망이 없어 보였다.

　　더구나 근력이 없는 삶에 그리 큰 회의를 느껴 본 적도 없었다. 인간은 도구를 사용할 수 있으니 달리지 못하면 자전거나 버스를 타면 되고, 병뚜껑을 열 수 없을 때는 만능 오프너를 쓰면 된다고 생각했다.

　　하지만 언제나 그렇듯 삶은 그리 호락호락하지 않았다. 어느 순간부터 내가 가장 좋아하는 '일을 잔뜩 하고 글을 잔뜩 쓰는 것'조차 버거워지고 있다는 사실을 받아들여야만 했다. 이제는 더 이상 미룰 수 없었다. 원하는 일만 하며 살 수 없다는 중요한 사실은 일찍이 깨달은 뒤였다.

　　아이러니한 일이지만, 눕고 싶을 때 누울 수 있는 삶을 지속하기 위해서는 꾸준히 운동해야만 했다. 이제는 그토록 오래 미뤄 온 '운동'이라는 과업을 어떻게든 해낼 방법을 찾아야 할 때였다. 나는 헬스나 필라테스 대신 내 성향에 잘 맞는 운동을 다시 찾아 나서기로 했다.

의지박약형
인간을 위한 운동법

뻔한 이야기이지만 시작
은 사이클이었다. 물리치료사인 친구가 "세상에 태어나
운동을 단 하나만 할 수 있다면 무조건 사이클!"이라며
강력히 추천했기 때문이다. 그리고 마침 우리 집에는 주
로 행거의 역할을 하는 사이클이 하나 있었다. 옷 거치대
로 전락한 사이클에게 다시 제 역할을 찾아 주기로 했다.
적어도 헬스장이나 필라테스 학원처럼 운동을 하기 위해
어딘가를 찾아가야 할 필요가 없다는 것만으로도 위안
이 됐다.

실내 사이클은 접근성이 좋은 운동 중 하나다. 러닝

머신보다 부피도 작고, 소음도 적고, 무릎에 큰 무리가 가는 것도 아니니까. 그렇게 사이클의 장점을 되뇌면서 드라마 한 편을 틀어 놓고 페달을 돌리기 시작했다. 내가 즐겨 보는 미드 한 편의 러닝타임은 약 50분이다. 그 시간 동안이라도 좀 버텨 볼 요량이었다. 드라마가 재미있으니 보다 보면 시간이 잘 가겠지.

하지만 내가 간과한 사실이 있었다. 드라마는 재미있지만 사이클은 재미없다는 당연한 사실. 드라마의 전개가 흥미진진할수록 나는 스토리에 몰입했고 페달을 돌리는 발은 점점 느려졌다. 몇 번이나 마음을 다잡아 봤지만 다짐이 무색하게도 사이클 화면 속에 표시되는 속력이 뚝뚝 떨어졌다. 주인공의 남자 친구가 사실은 유부남이었다는 엄청난 사실이 밝혀진 순간에는 떡 벌어진 입과 전혀 움직이지 않는 두 발로 사이클 위를 차지하고 있었다. 소파에 앉았더라면 편안한 자세로 볼 수 있었을 텐데. 굳이 어울리지도 않는 운동을 하겠다고 우기다 사이클 안장 위에 불편하게 앉아서 드라마를 보는 사람이 된 것이다.

그래도 내게는 한 가지 대안이 있었다. 지금은 유튜브로 뭐든 배울 수 있는 시대이니까. 사이클을 부지런히 타게 만드는 영상도 있지 않을까? 검색 결과 '인터벌 사이클' 영상을 올리는 유튜버들이 있다는 걸 발견했다. 영상을 틀어 둔 채로 사이클에 앉으면 30초나 1분 단위로 전속력으로 달릴 수 있도록 신호를 주고, 포기하지 말라며 동기부여도 해 주는 식이었다.

그렇게 텔레비전에는 드라마를, 핸드폰에는 인터벌 사이클 영상을 틀어 둔 채 사이클을 타기 시작했다. 드라마의 전개가 빨라지고 두 발이 느려질 때쯤이면 영상에서 시끄러운 알람 소리가 터져 나왔다. 덕분에 두 발을 멈추지 않고 다시 빠르게 페달을 돌릴 수 있었다. 1분에 한 번씩 전속력으로 달리다 보니 운동 효과가 수직 상승했다. 50분짜리 드라마가 끝나고 나면 이마에 땀이 줄줄 흘렀다. 이대로만 지속한다면 꽤 괜찮을 것 같았다.

내가 이렇게 나약한 의지력과 몸뚱이를 가지고 험한 세상에서 살아남을 수 있었던 이유는 딱 하나다. 제법 괜찮은 수준의 자기 객관화. 나는 나를 잘 알았다. 재미없는 운동을 꾸준히 붙들고 있을 정도로 의지가 강하지 않다는 것을.

그래서 한 가지 원칙을 세웠다. 뒷 내용이 궁금해도 드라마는 사이클을 타는 중에만 보기로. 다음 화를 보고 싶으면 다음 날에도 무조건 사이클을 타야만 했다. 일부러 도파민이 팡팡 터지는 자극적인 드라마를 골랐더니 효과가 대단했다. 엔딩에서 주인공이 총에 맞았을 때는 진지하게 1시간 더 타면서 다음 화를 이어 볼까 고민하기까지 했다. 전속력으로 페달을 돌리니 말랑한 허벅지가 비명을 질렀지만 그래도 흥미진진한 드라마가 어느 정도 진통제 역할을 해 주었다. 나 자신에게 당근과 채찍을 동시에 준 셈이다.

극성 안 움직여 인간으로서 두 달 이상을 꾸준히 운동해 본 경험이 없던 나에게 처음으로 변화를 가져다준 게 바로 이 '드라마-사이클' 운동법이다. 이번에는 무려 세 달을 채웠으니까. 제법 긴 시간이었다. 주 3회 이상 꾸준히 사이클을 타고 나니 어쩌면 나도 운동을 지속할 수 있는 사람일지도 모른다는 실낱같은 희망을 품게 되었다.

하루에 한 편씩 보던 드라마가 어느새 시즌 5에 다

다랐다. 주인공이 나이를 먹어 갈수록 내게도 체력과 근력이 조금씩 생겨났다. 아주 미약한 변화였지만 나는 분명히 알아차릴 수 있었다. 원래 있던 것이 조금 늘어나는 건 알아차리기 힘들어도, 아예 없던 것이 생기면 쉽게 눈에 띄는 법이니까.

내 체력과 근력은 여전히 정상치를 밑돌았다. 아직 운동의 즐거움도 찾지는 못했다. 하지만 그런 건 신경 쓰이지 않았다. 내 안 움직여 인생에 한 획을 그은 것만은 분명했다. 다이어리에 작게 별을 그려 넣고 이렇게 적었다. "작심삼일에서 벗어나 작심 삼 개월에 이르다!"

줄 없는
줄넘기를 넘어

　　어디선가 이런 이야기를 들은 적이 있다. 습관을 형성하는 데 드는 기간이 66일 이라고. 내 경험상 그건 일정 부분 사실이다. 안타깝게도 좋은 의미로 깨치게 된 건 아니다.

　　3개월 내내 하기 싫어 죽겠다는 생각을 하며 사이클을 탔더니, 이제는 종소리가 울리면 침을 흘리는 파블로프의 개처럼 드라마 오프닝 음악만 들려도 운동하기 싫다는 생각이 뇌리를 스쳤기 때문이다. 즐겨 듣는 노래를 알람 소리로 설정하면 결국엔 그 노래를 싫어하게 되는 것처럼, 볼 때마다 고통을 받았다는 이유로 드라마를 향한 애정이 점점 줄어들었다.

　엄밀히 따지자면 딱히 질리도록 탄 적도 없는데 그냥 질렸다. 운동은 어쩜 이렇게도 빨리 질릴까. 초콜릿이나 감자튀김처럼 절대 질리지 않는 그런 운동은 정녕 존재하지 않는 걸까. 의지박약을 의인화하면 그게 바로 나 아닐까.

　나는 또다시 집에서 할 수 있는 운동을 찾기 시작했다. 공간을 집으로 제약해 버리니 할 수 있는 운동이 아주 한정적이었지만 내게 다른 선택지는 없어 보였다. 운동을 위해 '외출하기'라는 절차를 하나 더 추가해 버리면 그렇지 않아도 바닥을 기고 있는 의지력이 한층 더 감소할 거라는 걸 알고 있었기 때문이다.

　집에서 할 수 있는 운동이 뭐가 있지? 침대에 드러누워 핸드폰을 만지작거리다 문득 줄넘기가 건강에 좋다는 사실이 떠올랐다. 비록 단체 줄넘기 앞에서는 한없이 작아지는 나였지만 혼자 하는 줄넘기만큼은 자신 있었다. 초등학생 때 남학생들까지 모두 제치고 수행평가 1등을 거머쥔 이력이 있을 정도였다.

사실 나는 초등학교에 입학하기 전까지만 해도 줄넘기를 단 한 개도 하지 못했었다. 뇌와 손과 발이 그리 호락호락하게 협응해 주지 않았기 때문이다. 그러나 남들 다 하는 걸 나만 못한다는 사실이 너무 억울해서 한 달 넘게 매일 연습한 끝에 일명 '쌩쌩이'라고 부르는 이중뛰기부터 엇걸어 풀어뛰기까지 각종 기술을 섭렵할 수 있었다. 15년 전의 영광을 되살려 줄넘기를 다시 시도해 보는 건 어떨까. 김수열 줄넘기를 다시 사 볼까.

그러나 매일 혼자 밖에 나가서 줄을 넘고 싶지는 않았다. 아파트에 살았더라면 놀이터라도 찾아가 뛰었을 텐데. 시골 주택에 사는 내게는 가로등 하나 없이 어두컴컴한 동네 한복판에서 모기와 함께 운동하는 것밖에 선택지가 없었다.

그렇다고 해서 거실에서 줄넘기를 꺼내 돌리자니 내가 모시고 사는 상전들의 분노를 살 것 같았다. 우리 강아지들은 큰 소리 나는 걸 극도로 싫어하기 때문에 실수로 뭐 하나라도 깼다가는 귀청이 떨어질 때까지 혼쭐날 게 분명했다. 그래서 특단의 조치로 '줄 없는 줄넘기'라는 걸 주문했다. 방 안에서 혼자 조용히 돌려 볼 요량이었다.

줄 없는 줄넘기를 처음 손에 쥔 나는 감탄을 내뱉었다. 이런 신문물이 있다니! 무게추가 달려 있어 선이 없어도 얼추 줄넘기를 돌리는 것과 비슷한 느낌이 들었고, 발에 줄이 걸려서 고통받는 일도 없었으며, 심지어 몇 번을 뛰었는지 알아서 계산해 주는 최첨단 기능을 탑재하고 있었다. 줄 없는 줄넘기라니, 비록 팥 없는 팥빵처럼 그 고유의 정체성은 없을지 몰라도 일반 줄넘기가 가지고 있는 단점을 모두 상쇄한 것만은 확실했다.

그러나 멋진 장비에 정신이 팔려 미처 고려하지 못한 사실이 있었으니, 그건 바로 내 체력이 줄넘기에 적합하지 않다는 거였다. 10년이면 강산도 변한다는데, 15년은 모든 체력과 기술이 녹아내리기에 충분한 시간이었다. 하루에 1000개도 넘게 펄쩍펄쩍 뛰어 대던 과거와는 다르게, 이제는 100개만 뛰어도 숨이 차서 잠시 쉬어야 했다. 내 나이는 분명 젊으나 그에 걸맞은 체력을 지니지는 못했다는 걸 줄넘기가 다시 한 번 상기시켰다.

500개를 채우자 현기증이 나기 시작했다. 대체 몇 번을 뛰어야 하는 거야? 바닥에 털썩 주저앉아 포털사이트에 '줄넘기 개수'를 검색했다. 마치 한 글자라도 더 외울 생각은 안 하고 '합격하려면 얼마나 공부해야 하나요?'라고 검색해 보는 수험생 같았다. 다행스럽게도 나와 같은 의문을 가진 사람들이 꽤 많았다.

"줄넘기 하루에 몇 개 정도 해야 운동 효과가 있을까요?" 안 움직여 인간들이 올렸을 이 질문에 건강쟁이들이 쓴 답변은 대체로 비슷했다. "최소 2000개에서 시작해서 조금씩 늘려 보세요^^" "줄넘기는 금방 하니까 매일 3000개 이상 하는 게 좋죠!" 500개만 해도 될지, 조금 무리해서 1000개를 채우는 게 좋을지 고민하고 있던 내 입장에서는 헛웃음이 나오는 글들이었다.

꾸역꾸역 1000개를 채우고 나니 '사이클은 다리가 터질 것 같긴 해도 앉아 있을 수라도 있었지'라는 생각이 스멀스멀 올라왔다. 쉬지 않고 계속해서 뛰어야 한다는 줄넘기의 특성이 나를 힘들게 했다.

운동을 하겠다면서, 또 가만히 있고 싶다는 건 대체 무슨 마음일까? 나조차 이런 나를 이해하기 힘든데 누가 날 이해할까? 줄 없이도 줄넘기를 할 수 있는 요즘 같은 세상에, 운동 없이 근육을 얻을 방법은 왜 아직 개발되지 않은 걸까?

　어찌 됐든 더 이상 서 있고 싶지 않다는 내면의 소리부터 받아들이기로 했다. 잠깐이나마 감탄을 받았던 줄 없는 줄넘기는 며칠이 지나지 않아 책장 가장 안쪽에 꽂혀 다시는 빛을 보지 못했다.

공짜 운동의
시대

운동장에 나가 발을 구르는 일에는 약하지만 침대에 가만히 누워 쓸데없이 머리를 굴리는 일은 내 전문이다. 운동에 입문한 지 4개월 정도 흐른 어느 날 형사가 등장하는 드라마를 보다 문득 이런 생각을 했다.

누군가 내게 찾아와서 "지난 30일 밤 어디서 뭐 하셨습니까?"라고 추궁하면 어떡하지? 우리 동네에는 CCTV도 목격자도 별로 없는데. "방 안에서 혼자 땅끄부부 칼소폭했는데요…"라며 유튜브 시청 기록이라도 보여 줘야 하는 걸까? 어쩌면 나는 헬스장에 가지 않고 혼자 방 안에 틀어박혀 운동하는 탓에 구체적인 알리바이 확보에 실패할지도 모른다. 나의 운동은 이렇게나 극비리에 진행되고 있었다.

집순이에게 최적화된 운동을 하나 꼽자면 그건 아마도 '홈트(홈 트레이닝)'일 것이다. 가장 은밀하고 조용하게, 집 안에서 혼자 사부작댈 수 있으니까. 물론 헬스장에 가서 PT를 받으면 효과가 더 좋겠지만 내 통장과 성향이 그것을 허락하지 않았다. 그런데 홈트는 공짜인 데다 침대 바로 옆에서도 할 수 있다는 점에서 내 마음에 쏙 들었다. 침대와의 거리는 내 심리적 안정도에 지대한 영향을 끼치기 때문에. 그렇게 각종 피부 관리법과 고양이, 재즈 플레이리스트로 가득하던 내 유튜브 홈 화면에 근육질의 건강쟁이들이 하나둘씩 모습을 드러내기 시작했다.

며칠에 걸쳐 유튜브를 뒤적거리면서 알아낸 사실은 부위별로 유명한 영상이 다 다르다는 거였다. 유산소와 전신 운동은 땅끄부부, 허리는 티파니, 다리는 마일리…. 사람들이 공유하는 저마다의 운동 루틴을 읽으며 운동 유튜버가 이렇게 많다는 걸 처음 알았다. 운동 유튜브의 세계는 넓고도 심오하여, '칼로리를 폭파해 버리는 초고강도 운동'부터 나 같은 게으르니스트를 위한 '누워서 하는 운동 모음' 영상까지 라인업이 다양했다.

누워서 하는 운동이라. 이보다 더 나의 흥미를 끄는 건 없었다. 그러나 그렇지 않아도 누워 있는 게 기본값인 이 삶에, 운동 루틴마저 누워서 하는 것들로 채우게 되면 정말이지 이족 보행 인간으로서의 정체성을 잃게 될 것 같았다.

결국 고민 끝에 홈트 입문용으로 유명한 영상들을 하나씩 골라 따라 하기 시작했다. 노트북 화면에 영상을 띄워 두고 방 안에서 열심히 몸부림을 쳤다. 침대에 누운 고양이 제제가 파란 눈동자를 굴리며 이리저리 움직이는 나를 바라보았다. 한심하다는 표정이었다. 내 인생도 트루먼쇼처럼 생중계되고 있다면 지금이 하이라이트 아닐까? '송혜교쇼 웃긴 장면 5분 클립' 같은 제목으로 돌아다니겠지. 시뻘게진 얼굴로 그런 쓸데없는 생각을 했다.

모든 운동이 그렇듯, 홈트계에도 고수는 있기 마련이

다. 운동 영상에 달린 댓글들을 살펴보니 그들은 부위별로 한 영상씩 골라 자신만의 데일리 전신 운동 루틴을 구성하는 모양이었다. 반면 나는 하루에 딱 하나의 영상을 골라 한 부위씩만 운동하고 있었다. 갑자기 180도 다른 삶을 꾸려 나가려 했다가는 필시 부작용이 날 테니까.

하루는 '초간단 5분 복근 운동'이라는 제목에 낚여 영상을 재생했다. "자, 힘드신 거 알아요. 조금만 더 버티세요!" 영상 속 선생님에게 '초간단'의 뜻을 제대로 알려 주고 싶었다. 애초에 건장한 선생님들이 나 같은 안 움직여 인간의 마음을 알 턱이 없지. 바보처럼 또 '초간단'이라는 말에 속아 넘어가다니. 5분이 이렇게 길었나, 나만 이렇게 힘든 건가 싶어 영상을 멈추고 괜히 댓글을 뒤적거려 읽었다. 수많은 댓글 가운데, 가장 많은 사람의 공감을 얻은 한 문장이 눈에 띄었다.

"지금까지 인생을 상당히 편하게 살고 있었구나…."

수많은 안 움직여 동지들이 나와 함께 고통받고 있었다. 나만 힘든 게 아니라는 사실에 괜스레 위로를 받았다.

'마일리 사이러스 다리 운동'이라는 악명 높은 홈트 영상을 따라 할 때는 자괴감마저 들었다. 따라 하기만 하면 미국의 팝스타 마일리 사이러스처럼 멋진 다리를 가질 수 있다고 하여, 홈트계를 휩쓴 전적이 있는 운동이다. 그 명성에 걸맞게 난도도 상당하다. 약 17분 동안 런지와 스쿼트를 비롯한 고강도 하체 운동을 쉬지 않고 해치워야 한다.

직접 실천해 본 내 경험에 따르면 이 영상은 일주일만 따라 해도 다리의 셀룰라이트가 싹 사라지는 마법 같은 효과를 선사한다. 부작용이 있다면 다음 날 이 운동을 또 해야 한다는 생각 때문에 아침에 눈 뜨기가 싫어진다는 점이랄까. 처음 이 영상을 따라 한 다음 날 가만히 서 있기만 해도 갓 태어난 고라니처럼 다리가 부들부들 떨려서 바퀴 달린 의자에 앉아 생활해야 했던 걸 똑똑히 기억하고 있다.

이런 운동 루틴을 오래도록 지속했다니. 마일리 사이러스 씨는 독종이 분명하다. 그래미를 수상하고 빌보드 차트에서 살아남으려면 이 정도는 해야 하는 걸까. 나는 월드 투어를 돌며 천문학적인 수입을 올리는 슈퍼스타도 아니고 그냥 경기도 양평에 사는 20대 여성일 뿐인데, 이렇게까지 고통받을 필요가 있나. 다음 달에 컴백할 것도 아닌데. 유튜브 영상 하단의 빨간색 선이 어디까지 움직였는지 끊임없이 확인하다 보면 어느덧 1시간 같은 17분이 흘러 있었다.

　부위별 홈트 영상을 따라 하며 가장 많이 한 생각은 '여기에도 근육이 있구나'였다. 내가 이런 깨달음을 전하자, 건강쟁이 친구가 의아하다는 듯이 말했다. "근육은 어디에나 있지. 네가 안 쓸 뿐."
　근육이 생기기 위해서는 근섬유가 조금씩 찢어지고 다시 회복되며 비대해지는 과정을 반복해야 한다. 운동 후에 통증이 찾아오는 건 자연스러운 일이며, 근육을 갖기 위해서는 마땅히 이 통증을 이겨 내야 한다. 그러나 한 번도 근육의 존재를 인식해 본 적 없는 나로서는 이 통증이 마치 존재하지 않는 부위에 생긴 환상통처럼 너무나 생경했다. 어쩌다 운동을 시작해 고생을 사서 하게 되었을까, 정말 이렇게 고통받으면서까지 근육을 단련해야 하는 걸까.
　다리 운동을 한 후 지하철 계단을 올라야 했을 때는 차라리 운동으로 단련한 근육을 떼어 버리고 싶다는 생각을 했다. 신령님이 연못에서 튀어나와 "이 근육이 네 근육이냐?"라고 묻는다면 "아니요"라고 대꾸한 다음 다시 근육 하나 없이 말랑한 몸으로 살아야겠다고.

3장

수면 위에서 뽐내는
수면 경력

핑계를
마주할 용기

수영을 배워 보면 어떨까? 마치 계시를 받듯 이런 생각이 떠올랐다. 물놀이를 좋아하니까 어쩌면 수영도 좋아하게 되지 않을까?

어릴 적 나는 놀이공원보다 워터파크를 선호하는 아이였다. 비록 겁이 너무 많은 탓에 스릴 넘치는 워터 슬라이드를 타는 건 꿈도 꾸지 못했지만 유수풀에 둥둥 떠다니거나 파도풀을 즐기는 것만으로도 충분했다. 동적인 활동을 싫어하는 나이지만 수영장에 간다는 생각을 하면 마음이 들뜨곤 했다. 그러니 어쩌면 수영장에 가는 건 헬스장에 가는 것만큼 힘겹지 않을지도 모른다고 생각했다.

　때마침 군에서 우리 동네에 수영장이 있는 스포츠센터를 지어 줬다. 그간 납부한 지방세가 드디어 큰 수확으로 돌아온 것이다. 비록 집에서 10킬로미터 떨어져 있긴 하지만 마을버스도 잘 안 다니는 이 시골에 공립 수영장이 생긴 것 자체가 기적이었다. 이건 정말 수영을 시작해야 한다는 하늘의 계시일지도 모른다.

　하지만 당장 수영장에 등록하기에는 극복해야 할 게 많았다. 일단 침대 옆에서 언제든 바로 시작할 수 있는 홈트와는 달리 수영은 무조건 수영장에서만 할 수 있다. 꾸준히 수영하기 위해서는 차를 몰고 말 그대로 '산 넘고 물 건너'야 한다. 나는 운전면허가 없으니 시작부터 난관이었다.

　수영장 물이 더러울 것 같다는 생각도 걸림돌이었다. 누군가 수영장 물속에서 실례를 할 수도 있고, 수영을 하다 보면 푸 하며 입안에 들어간 물을 뱉어 내는 사람도 흔하게 볼 수 있으니 수영장 물이 그리 깨끗할 리는 없을 것 같았다. 아무리 약품으로 소독한다고 한들 타인의 체액이 섞여 있는 물에 몸을 담가야 한다고 생각하면 썩 유쾌하지 않았다.

노출이 필수인 운동이라는 점도 마음에 걸렸다. 몸의 모든 굴곡이 고스란히 드러나는 쫄쫄이를 입고 타인 앞에 서야 한다는 점, 초면인 사람들 사이에서 옷을 훌렁훌렁 벗어 던지고 다 같이 모여 씻어야 한다는 점까지. 나는 대중목욕탕이나 찜질방에 가 본 경험이 거의 없어 알몸으로 타인 앞에 서 본 일이 드물었다. 이런 내가 낯선 사람들과 나란히 서서 씻는 걸 일상의 영역으로 들여올 수 있을까? 수영장에 가지 못할 이유가 끝도 없이 떠올랐다.

그러나 이내 깨달았다. 이 모든 건 운동을 피하기 위한 핑계일 뿐이라는 걸. 운동하지 않는 자신을 합리화하려고 발버둥 치고 있다는 걸. 이것저것 재고 따지다가 그 어떤 운동도 시작하지 못했던 과거가 떠올랐다. 나는 운동할 수 없는 구실만 끊임없이 생각하다가 나 자신을 정말 '운동할 수 없는 사람'으로 만들어 버린 거다.

만일 거리가 가까운 게 제일 중요했다면 진작 홈트를

꾸준히 실천했을 것이고, 혼자도 아니고 다 같이 벗고 있으니 그리 대수는 아니겠다 싶었으며, 짚는 곳곳 세균 덩어리인 건 헬스장도 마찬가지일 것 같았다.

　오히려 바로바로 몸을 씻을 수 있는 데다가 주기적으로 물 상태를 점검하는 수영장에 몸을 담그는 편이 나을 수 있다. 물론 그 물을 내가 먹게 될 수도 있다는 점은 또 다른 문제이지만, 그래도 입을 앙다물고 해 보기로 했다. 원래 모든 성취에는 어려움이 뒤따르는 것 아니겠는가.

치열한
수케팅의 현장

수영을 다녀야겠다는 나의 말에 운동 좋아 인간들은 하나같이 이런 반응을 보였다. "진짜? 요즘 수영이 유행이라 등록하기 더 힘들 텐데?"

이건 또 무슨 소리인가. 운동에도 유행이 있다니! 건강쟁이들끼리는 운동에도 유행을 따지고 뭐 그런가 보지? 가뜩이나 운동하기 싫은 마음을 꾹 참고 기껏 돈도 내고 시간도 쓸 결심을 했더니만 이 이상의 노력까지 해야 한다니. 뭘 제대로 시작해 보기도 전에 그렇잖아도 부족한 의지가 '파스스' 흩어지는 소리가 들렸다.

실제로 포털사이트에 '수영장 등록'을 검색해 보니 신입 회원이 수영장에 가입하는 건 하늘의 별 따기라는 글이 넘쳐 났다. 특히 강습료가 저렴한 공립 수영장의 경우 몇 개월을 기다려야 빈자리가 하나 날까 말까라고 했다. 수영을 배우고 싶다면 치열한 경쟁, 일명 '수케팅'에서 승리해야 한다는 뜻이었다.

신입 회원 등록이 열리는 당일 새벽 수영장에 가장 먼저 찾아가 데스크의 문을 두드리는 사람에게 기회가 주어질지니 미라클 모닝은 필수라는 증언이 줄줄이 이어졌다. 새벽 5시에 일어나 수영장 앞에 줄을 섰다는 후기, 신청자가 너무 많아 결국 추첨을 통해 신입 회원을 뽑았다는 후기까지 그 내용도 다채로웠다. 치열한 수케팅 후기들을 읽고 있자니 한숨이 절로 나왔다. 내가 운동하기로 마음먹은 것만 해도 미라클인데, 정녕 미라클 모닝까지 해야 하는 걸까?

일단 무작정 스포츠센터에 찾아가 등록일을 문의하기로 했다. 회원 카드라도 미리 만들어 두면 도움이 되겠지 싶은 마음이었다. 그러나 예상치 못한 일이 벌어졌다.

"지금이 신규 등록 기간이에요. 내일까지요." 황금 같은 타이밍이었다. 심지어 초급반에 딱 두 자리가 남아 있으며 지금 바로 등록 가능하다는 답이 돌아왔다.

도시 사람들의 말만 믿고 수케팅을 걱정했다니. 내가 사는 곳이 깡시골이라는 걸 간과했다. 한 다리만 건너도 다 아는 사이인 이 동네는 언제나 경쟁이나 치열함과는 거리가 멀다. 사람이 10명 이상 모여 있는 풍경을 볼 수 있는 장소는 보통 면사무소(우리 동네는 아직도 행정복지센터 대신 면사무소라는 이름을 쓴다)나 하나로마트, 주민회관 정도뿐이다. 그래도 정원이 15명인 초급반에 사람이 거의 찼다니. 수영이 유행이라는 게 정말 사실이기는 한 모양이었다.

나는 서둘러 아빠에게 전화를 걸었다. 버스도 지하철도 없는 이 시골 동네에서 운전면허 없이 10킬로미터 떨어진 수영장까지 갈 방법은 딱 하나였기 때문이다. "아빠, 수영 초급반 두 자리 남았다는데 같이 다니자!" 마침 아빠는 허리 통증으로 인해 즐겨 치던 배드민턴을 쉬고 있었다. 정말 완벽한 타이밍이었다.

손에 쥔 채 살까 말까 고민하던 하나 남은 가방을 누

가 탐내면 사고 싶은 마음이 더 샘솟듯이, 나 역시 딱 두 자리만 남아 있다는 말을 듣고 얼떨결에 수영 초급반에 나와 아빠의 이름을 올리고 왔다. 문의부터 등록까지 당일에 모두 해치울 생각은 정말 없었는데. 이렇게 나는 치열한 수케팅 없이 당일 등록에 성공했다. 아무래도 수영의 신이 나를 보우하는 게 분명했다.

육상 포유류의
일탈

수영은 생각보다 준비물이 많이 필요한 운동이었다. 수영복에 수모, 수경은 물론이고 수영 가방에 넣고 다닐 세면도구까지 챙길 게 정말 많았다.

나는 가장 첫 단계인 수영복 구매에서부터 난관에 봉착했다. 수영복의 종류가 내 생각보다 훨씬 다양했기 때문이다. 하이컷, 미들컷, 로우컷, 3부, 5부…. 브랜드도 엄청나게 다양했고 색상이나 패턴도 가지각색이었다. 해녀복처럼 검고 긴 수영복부터 파인애플이 그려진 형광

연두색 수영복까지, 그 다양한 종류를 비교하고 있자니 머리가 지끈거렸다.

결국 나는 쉬운 길을 택하기로 했다. 가장 큰 규모의 수영용품점 사이트에 들어가서 가장 많이 팔린 제품을 사는 거였다. 아주 무난한 남색의 로우컷 수영복을 장바구니에 담았다.

수영장에 또 뭘 챙겨 가야 하지? 수영복, 수모, 수경 빼고는 마땅히 생각나는 게 없었다. 주위에 수영장을 다니는 사람이 없어 조언을 구할 수도 없었다. 결국 수차례 검색 끝에 수영인들이 모인 인터넷 카페를 찾아내 탐색을 시작했다.

"안티포그액 꼭 사세요. 수영하다 말고 매번 수경 닦고 있으면 성질 더러워져요."

안티포그액이라고? 늘 개헤엄만 고집하느라 수경을 써 본 적이 없으니 이런 걸 들어 봤을 리가 없었다. 알고 보니 수영을 하다 보면 자연스레 수경에 김이 서려 앞이 잘 보이지 않게 되는데, 수영장에 들어가기 전 안티포그액을 수경에 발라 주면 그럴 일이 없어 좋다는 뜻이었다.

나는 홀린 듯 안티포그액을 장바구니에 담았다. 가

뜩이나 수영을 배우겠다는 큰 결심을 했는데, 이번에도 포기하지 않으려면 최대한 나 자신의 비위를 맞춰 줘야지. 수영하다 성질 더러워지는 일을 겪지 않기 위해서 기꺼이 7천 원을 투자하기로 했다. 합리화는 참 다양한 방식으로 이루어졌다.

망사 소재로 되어 있어 물이 고이지 않는 수영 가방도 사고, 그간 화장대 서랍 가장 구석에서 홀대를 당하던 화장품 샘플도 바리바리 챙겼다. 샴푸와 헤어트리트먼트, 바디워시는 수영 가방에 쏙 들어가는 크기로 새로 구매해야 했다. 이렇게 준비물을 다 마련하고 나니 나의 반나절과 20만 원이 홀랑 사라져 있었다.

운동에 이렇게 큰돈을 쓰다니 사치스럽기 짝이 없군. 구멍 난 통장 앞에 괜스레 숙연해졌다. 육상 포유류 주제에 어쩌다 물에 들어갈 결심을 해서 이리도 많은 돈을 쓰게 된 걸까. 비늘과 아가미가 있었다면 10만 원은 족히 아꼈을 텐데.

주문했던 수영복이 집에 도착한 날. 방 안에서 혼자 수영복을 입어 본 나는 두 번의 충격을 받았다. 첫 번째로, 수영복이 이렇게 입기 힘든 것인 줄은 미처 몰랐다. 나는 수영장에 등록하기 전까지 분명 수많은 장애물을 떠올렸었다. 접근성과 수질, 노출 등 수영할 수 없는 이유를 빠짐없이 세어 보고 모두 감수하기로 했다. 하지만 그 보기 중에 '수영복 입기'란 없었다. 이것이야말로 시작부터 난관이었다. 워터파크용 수영복은 항상 끈이 술술 풀렸기 때문에 미처 몰랐는데 강습용 일체형 수영복은 아주 작고 쫀쫀해서 입고 벗는 것 자체가 운동이었다.

처음 택배 상자에서 수영복을 꺼내 들었을 때 내가 사이즈를 잘못 선택했는지, 혹시 키즈용을 산 건 아닌지 잠시 의심했다. 미심쩍은 표정을 지으며 등을 감싸는 끈을 요리조리 피해 몸을 욱여넣고, 쫀쫀한 천을 있는 힘껏 끌어당겨 어깨에 걸쳤다. 내 생각보다는 신축성이 좋아서 막상 입고 보니 사이즈가 딱 맞았다. 겨우 착용을 마쳤을 뿐인데 벌써 녹초가 된 느낌이었다.

두 번째 충격은 바로 거울 속 내 모습이었다. 수영복을 입으면 신체를 꽤 많이 노출하게 된다는 사실을 몰랐던 건 아니지만 막상 현실로 마주하니 충격이 컸다. 얇디얇은 수영복이 몸의 굴곡을 고스란히 드러내는 건 둘째

치고 겨우 이 정도의 천 쪼가리만 걸친 채 다른 사람들 앞에 서야 한다는 게 믿기지 않았다.

살면서 이렇게 날것의 상태로 사회에 나간 적이 있었나. 마치 누구나 한 번쯤 꾼다는 '속옷만 입고 외출하는 꿈'이 현실로 찾아온 것 같았다. 입기가 더 불편하더라도, 다소 해녀처럼 보이더라도 검은색 5부 수영복을 샀어야 했다는 생각이 스멀스멀 올라왔다.

하지만 이미 돌이키기엔 늦은 일이었다. 나는 이 짧은 남색 수영복을 샀고 이미 초급반에 등록해 버렸으니까. 수영장 안에서는 모두가 이렇게 입고 있을 것이며 아무도 나에게 관심이 없을 거라고, 애써 내 안의 유교 사상을 다독였다.

살굿빛
신고식

떨리는 마음으로 수영장에 간 첫날. 데스크에 다가가 "10시 초급반이요"라는 말과 함께 이름이 적힌 회원 카드를 내밀자 빨간 로커 키가 내 손에 들어왔다.

"회원님은 2층으로 가시면 돼요."

새로운 호칭에 익숙해지려면 시간이 조금 필요할 것 같았다. 지금껏 나를 회원님이라고 불러 주는 곳은 11번가와 G마켓뿐이었으니까.

준비물이 가득 들어 있는 수영 가방을 들고 엘리베이터를 기다렸다. 겨우 한 층이니 계단으로 올라가도 되지만 운동 전부터 힘을 뺐다가는 큰일이 날지도 모른다. 수영 가방을 손에 쥐기까지 얼마나 많은 걸림돌을 넘어야 했나…. 그 사실 하나만으로도 이미 지칠 대로 지친 상태였다.

평일 오전 10시 강습을 앞둔 수영장 여성 탈의실은 중년의 회원으로 가득했다. 나는 그중 유일한 20대로서 엉거주춤 탈의실 커튼을 젖히며 들어갔다.

동네 미용실에서 얻은 유기농 참기름 정보를 공유하고 있는 할머니들 사이를 조용히 통과해 소심하게 옷을 벗어 로커에 넣었다. 글을 쓰겠다며 꽤 오래 칩거 생활을 한 탓인지 활력이 넘치는 단체 운동의 장이 퍽 낯설게 느껴졌다. 바로 그때, 나체의 회원 한 분이 내게 다가와 말을 걸었다.

"어머, 학생! 새로 왔나 봐요?"

눈앞을 가득 채운 살굿빛 형체에 시선을 어디에 둬야 할지 몰라 고장 난 나는 눈알을 굴리며 답했다.

"네, 오늘 첫날이에요."

다른 사람과, 그것도 처음 만난 사람과 알몸으로 대

화한 경험이 없어 당황스러웠지만 이곳에서는 살굿빛 대화가 아주 당연해 보였다. 탈의실 중앙의 평상에 앉은 알몸의 할머니들도 내게 인자하게 웃어 주었다. 가능한 한 눈에 띄지 않고 싶었는데 첫날부터 실패했다.

모든 게 낯설고 어렵게만 느껴졌다. 모든 세면도구를 수영 가방에 넣어 두었다는 사실을 잊고 가방을 옷과 함께 로커에 고이 둔 채 맨몸으로 샤워장에 갔다가 다시 챙겨 오는 등 초보자다운 실수를 했다. 혹시나 물에 젖은 바닥에 미끄러지기라도 할까 조심조심 몸을 씻고 수영복을 집어 들었다.

젖은 몸을 수영복에 집어넣는 건 집에서 수영복을 입어 볼 때보다 배로 힘든 일이었다. 낑낑거리며 수영복을 잡아당기고 있는데 갑자기 누군가 내 수영복을 잡는 게 느껴졌다. 옆에서 샤워하던 중년의 회원이 마구 꼬여 버린 내 수영복 끈을 쭉 잡아 올려 준 거였다. 밧줄처럼 돌돌 말려 몸에 엉켜 있던 수영복이 순식간에 제 모양을 갖추게 되었다. "감… 감사합니다." 내가 당황한 표정으로 인사를 건네자 그는 쿨하게 고개를 끄덕이고 샤워장을 떠났다.

　미리 안티포그액을 발라 둔 수경을 물에 깨끗이 씻어 낸 다음 머리를 질끈 묶고 수모를 썼다. 거울 속에 갈갈이 삼 형제의 늦둥이 여동생 같은 내 모습이 보였다. 타이트한 수모에 붙잡힌 두 눈꼬리는 더 올라갈 곳 없을 때까지 올라간 상태였다. 앙칼진 눈매를 가져 보고 싶다는 소망을 이렇게 이루는구나.

　온몸의 군살과 굴곡이 아주 적나라하게 드러나는 수영복을 입고 있자니 어디를 가리며 입장하는 게 좋을지 감도 오지 않았다. 물에 몸을 담그기도 전에 고비가 이렇게나 많다니. 역시 수영은 정말 쉽지 않은 운동이었다.

　바로 그때 내 옆으로 형광 분홍색 야자수 무늬 수영복을 입은 아주머니 한 분이 지나갔다. 런웨이에 선 듯 당당한 걸음걸이였다. 화려한 수모를 쓴 아주머니가 멀어져 가는 것을 보며 나도 마음을 다잡았다. 좋아, 중요한 건 꺾이지 않는 마음이라지.

　수영장으로 나가는 문 앞에 서자 수영장 특유의 냄새가 코를 훅 뚫고 들어왔다. 나는 심호흡을 한 번 하고 문을 열었다.

'음~파' 하면
저는 숨을 언제 쉬나요?

깊이 1.4미터에 길이는 25미터. 특별할 것 없는 수영장이지만 그 웅장한 풍경에 괜히 가슴이 뛰었다. 소독약 냄새도 왠지 멋지게 느껴졌다. 그러나 내가 가야 할 곳은 그 웅장한 수영장 옆에 있는 작고 얕은 유아풀이었다.

뜨거운 물로 씻고 나온 탓에 몸이 덜덜 떨렸다. 찰랑이는 물속으로 발을 집어넣자 따뜻한 물이 무릎보다 살짝 위까지 나를 감쌌다. 이 온기가 어린이반 회원들이 남긴 흔적이 아니길 바라며, 몸을 잔뜩 웅크려 어깨까지 물에 쏙 담갔다. 첫날부터 멋지게 수영을 배우리라고는 기대도 하지 않았지만 유아풀에 앉아 깊은 물에서 수영하는 사람들을 바라보고 있자니 부러운 마음이 들었다.

"첫날이니까 회원님은 여기에서 호흡 먼저 연습할 거예요."

나는 서둘러 진도를 나가고 싶은 마음에 격하게 고개를 끄덕거렸다.

"물속에 고개를 넣고 '음~' 소리를 내세요. 그럼 코에 물이 안 들어갑니다. 그리고 나오면서 '파'."

선생님의 설명을 몇 차례 들은 나는 큰맘 먹고 머리를 물속에 집어넣었다. 늘 개헤엄으로 꼿꼿하게 수면 위를 고집하던 얼굴이 처음으로 물속에 들어가는 순간이었다.

"음~파, 음~파."

호흡을 몇 번 반복하다 보니 점점 숨이 차기 시작했다. 어쩐지 이상했다. 나는 물속에서 "음~" 소리를 내며 코로 공기 방울을 뿜었고, 수면 위로 올라오자마자 "파" 소리를 내며 다급하게 한 번 더 날숨을 뱉었다. 이상하게도 "파" 소리를 내며 숨을 들이마시려고 하면 공기는 안 들어오고 물만 잔뜩 먹었던 것이다. 두 번 다 날숨만 쉬면, 나는 언제 숨을 들이마셔야 하지?

　"선생님. '음~' 할 때도 숨을 뱉고 '파' 할 때도 숨을 토하면 저는 숨을 언제 들이쉬나요?

　내 말을 들은 선생님이 의아하다는 표정을 지었다. 알아요. 저도 이해가 되지 않아요. 하지만 어쩌겠습니까. 나의 시무룩한 표정을 본 선생님은 알겠다는 듯 고개를 끄덕이더니 다시 한 번 시범을 보였다.

　"'파!' 하고 강하게 숨을 내뱉고, 얼른 다시 '흡' 하고 숨을 들이쉬고 물속으로 들어가야죠. 지금까지 숨 안 쉬고 있었어요?"

　나는 아가미도 없는 주제에 물속에서 자동으로 숨이 쉬어지길 바라고 있었던 거였다. '그럼 처음부터 음~, 파!, 흡이라고 알려주셨어야죠!'라는 말을 목구멍으로 삼켰다.

　어느 정도 호흡을 연습한 뒤에는 킥판을 잡고 수영장에 들어갈 수 있었다. 다행스럽게도 1.4미터 깊이는 내 키에 제법 여유로웠다. "물을 무서워하지는 않으시죠?"

라는 선생님의 말에 고개를 끄덕이면서 물었다.

"물을 무서워하는 분들이 많이 오시나요?"

물을 무서워하는데 수영을 배운다니 상상만 해도 아찔했다. 그런데 의외의 답이 돌아왔다.

"물이 무서워서 극복하려고 오시는 회원님이 반, 허리 아파서 오시는 회원님이 반. 운동하려고 오시는 분은 생각보다 드물어요. 이 동네는 그렇죠."

그러니 물에 대한 거부감만 없다면 실력이 금방 늘 거라고, 선생님은 나를 응원해 주었다. 아직 숨 쉬는 것만으로도 벅차지만 그 말에 위안을 얻었다.

"킥판 잡고, 무릎 쫙 펴고! 다리를 구부리면서 구르는 게 아니라 쭉 뻗은 채로 허벅지 힘을 써서 차는 거예요. 그렇게 하면 앞으로 못 나가고 다리만 아파요!"

유산소라며. 수영은 유산소라며! 수영은 유산소 운동이니 근력이 부족해도 배우기 쉬울 거라며 추천해 주던 운동 좋아 인간들의 얼굴이 머릿속을 스쳐 지나갔다. 그 말만 철석같이 믿고 허벅지 근육을 하나도 준비해 오지 않았는데 큰일이었다.

선생님이 시키는 대로 발차기를 하려니 근육 하나 없

이 말랑한 다리가 금방 욱신거렸다. 하지만 수영 강습의 특성상 내 뒤에도 사람들이 회전초밥처럼 줄줄이 다가오고 있었다. 나는 멈출 도리 없이 계속 발을 차야만 했다.

준비한 체력이 소진되어
오늘 영업 종료합니다

첫 수영 강습을 마치고 집으로 돌아오자마자, 나는 신발을 벗으며 마치 새로운 감각에 눈을 뜬 사람처럼 선언하듯 말했다. "와, 배고파!"

그간 살아오며 느꼈던 배고픔이란 배에 살포시 언질을 주는 느낌이었다. '식사 시간이 돌아왔어! 지금쯤 슬슬 밥을 데우고 찌개를 끓여 먹으면 되겠어.' 그렇게 침착하게 하던 일을 얼추 정리하고 주방으로 향하면 그만이었다. 하지만 그 순간 느껴지는 배고픔은 그동안 알고 지내던 것과는 차원이 달랐다. 누군가 헐레벌떡 달려와 문을 쿵쿵 두드리며 '지금 가만히 있을 때야? 눈에 뵈는 건

모조리 씹어 먹으라고!'라며 옥박지르는 수준이었다. 어릴 적 물놀이 후 먹는 컵라면이 유독 꼬들꼬들하고 맛있게 느껴졌던 건 간만의 나들이에 들뜬 마음 때문이 아니라 극심한 체력 소모로 인해 걸신들렸기 때문이었음을 그날 비로소 알게 되었다.

수영하고 나면 살이 빠지기는커녕 식욕이 늘어 오히려 식단 조절에 실패하게 된다는 '수영 괴담'은 정말 현실이었다. 주린 배를 붙잡고 평소 식사량의 1.5배는 되는 밥을 입에 털어 넣으며 생각했다. 먼 훗날에라도 자영업을 시작할 자본과 용기가 생긴다면 수영장 근처 건물 1층에 핫도그나 닭강정, 떡볶이집을 차려서 냄새를 폴폴 풍겨봐야지. 분명히 단골을 여럿 확보할 수 있을 거야.

그렇게 미친 듯이 음식을 입에 쏟아부은 뒤 다시 일하기 위해 책상 앞에 앉았다. 일하기 전에 운동을 다녀오는 삶이라니. 갓생 유튜브에서나 보던 일을 내가 해내다니. 괜스레 뿌듯한 마음이 들어 혼자 킬킬 웃었다.

그러나 노트북을 펼친 지 10분쯤 지났을 무렵, 뿌듯함보다 훨씬 큰 졸음이 몰려왔다. 글을 써야 하는데 뇌가 멈춰 버렸다. 뭘 잘못 먹었나? 아니면 어제 잠을 설쳤던 가? 왜 이렇게 졸리지? 그 순간 머릿속에 극성 안 움직여 인간인 내가 오늘 무려 50분 동안 수영을 했다는 사실이 떠올랐다.

사실 말이 수영이지 아직 제대로 된 영법을 배우지 않은 상태였기에 제멋대로 물장구를 친 게 전부이지만, 미약한 운동량과 상관없이 내 몸은 이런 팻말을 내걸고 일방적으로 문을 닫아 버렸다.

'준비한 체력이 모두 소진되어 오늘 영업 종료합니다!'

그렇게 전원이 꺼진 사람처럼 침대 위로 픽 쓰러졌다. 너무 졸려서 집중이 잘 안되니까 잠깐만 눈 붙이고 일어나서 개운하게 일하는 거야. 분명 그렇게 결심했으나 '컹' 소리를 내며 다시 눈을 떴을 때는 이미 해가 지고 있었다. 잠을 잤다기보다는 기절했다가 깨어났다는 게 더 정확한 표현이었다. 창문을 통해 들어오는 아름다운 석양빛이 내게 속삭이고 있었다. 오늘 하루 망했다고.

따뜻한 이불 속에서
차가운 물속으로

다음 날에는 누군가에게 두들겨 맞은 듯한 기분으로 눈을 떴다. 불쾌한 화요일 아침이었다. "수영하면 진이 빠져서 좀 피곤하긴 해도 헬스처럼 다음 날 아프고 힘들지는 않을 거야"라는 친구의 말은 거짓이었다. 걷기만 해도 허벅지 뒤쪽이 욱신거려서 바퀴 달린 의자에 의지해 하루 동안 요양을 했다. 발차기에 따른 후유증이었다.

꾸준히 해야만 운동 후 통증이 사라지고 근육만이 남는다는데 그동안 작심삼일을 수없이 반복하던 안 움직여 인간인 나에게는 해당 사항이 없는 이야기였다. 나는 평소 근육을 최소한으로만 사용하며 살아왔기 때문에 각종 근육통에 대한 면역을 기를 일이 전혀 없었다.

그러나 이제 매주 월요일, 수요일, 금요일마다 나는 수영을 하러 가야 한다. 그 시간에는 죽이 되든 밥이 되든 물속에 있을 것. 이게 나와 양평군 사이의 약속이다. 처음 수영장에 등록할 때만 하더라도 주 3회이면 쉬는 날이 더 많으니 할 만하지 않을까 생각했지만 오산이었다. 일주일 중에서 마음이 편안한 날은 토요일 하루뿐이었다. 월요일, 수요일, 금요일에는 '오늘 운동해야 하는 사람'이, 화요일과 목요일에는 '어제 운동했는데 내일도 운동해야 하는 사람'이, 일요일에는 '내일 운동해야 하는 사람'이 됐기 때문이다.

밤이 되자 오직 운동하기 위해 내일 아침 일찍 일어나야 한다는 생각에 기분이 울적해졌다. 오전 10시까지 수영장에 출석하기 위해서는 늦어도 9시에는 침대에서 빠져나가야 한다. 수영복과 수건도 챙기고, 수영장까지 이동하고, 물에 들어가기 전 샤워도 해야 하니까.

나는 한겨울에 수영을 시작했다. 고로 아침마다 '따

뜻한 온수매트와 포근하게 나를 감싸 주는 이불 사이에서 빠져나와 물속으로 풍덩 들어갈 다짐'을 해야만 한다. 세상에서 가장 멀고 험한 코스가 침대에서 현관까지라 했던가. 내 몸과 마음의 고향이나 다름없는 침대에서 빠져나온다는 건 참 쉽지 않은 일이다. 특히나 야행성인 나에게는 오전 9시가 새벽 5시나 마찬가지이기 때문에 기상부터가 미라클 모닝이다.

 귀를 때리는 알람 소리에 잔뜩 인상을 찌푸린 채 눈을 떴다. 이런 생각이 절로 들었다. 꿈인가? 그리고 3초 뒤에야 현실을 자각할 수 있었다. 아, 지금 일어나야 수영 강습에 갈 수 있구나. 10분만 더 자야지 하는 순간 늦어 버리겠구나.

 '… 가지 말까?'

 당장 벌떡 일어나 운동하러 가야 한다는 냉혹하고 척박한 현실을 믿고 싶지 않은 마음에 괜스레 이불 속에서 발가락을 한 번씩 꼼지락거렸다. 아, 이대로 다시 눈을 감으면 정말 행복할 것 같은데. 행복 별거 있나. 추운 날 온수매트 위에서 늘어지게 자는 게 행복이지.

그래도 눈을 번쩍 떴다. 나는 가야만 했다. 이미 수영에 필요한 준비물을 사는 데 20만 원을 넘게 썼고, 수영장 강습료도 5만 원을 내지 않았는가. 이번에도 포기해 버리면 더 이상 내 인생에 운동이라는 존재가 끼어들 기회가 없을 게 분명했다. 땅에서든 물에서든, 이제는 정말 움직이는 습관을 들여야 했다. 그렇게 두 눈이 감기지 않도록 잔뜩 힘을 주고, 끙 소리를 내며 힘겹게 두 발을 침대에서 먼저 빼냈다. 차가운 공기가 발끝을 감쌌다. 수영장에 갈 시간이었다.

앞을
궁금해하면 안 돼

당연한 이야기이겠지만 수영 강사마다 가르치는 스타일이 조금씩 다르다. 기본기가 탄탄하게 잡힐 때까지 발차기와 팔 동작을 반복시키는 강사가 있는가 하면, 자세는 나중에 바로잡아도 되니 일단 영법을 익혀 보라며 진도를 빠르게 나가는 강사도 있다.

우리 선생님은 후자에 속했다. 계속해서 같은 동작만 반복하면 수강생들의 흥미가 떨어진다는 선생님의 신념 아래 두 번째 강습부터 바로 팔 동작을 배울 수 있었다. 물론 나는 아직 물에 뜨는 방법을 모르기 때문에 킥판을 꼭 붙잡은 상태였다.

"팔 구부리지 마시고 쭉 돌려서 다시 킥판 잡으세요. 그리고 옆으로 고개 들어서 '파~!'. 다시 고개 숙이고…."

팔을 돌리는 사이에 얼른 숨을 쉬고 다시 고개를 물속으로 집어넣어야 하는데, 이 동작이 연속적으로 되지 않아서 자꾸 버벅거렸다. 호흡과 팔 동작 중 하나에 신경을 쓰면 나머지 하나가 잘 안됐다. 팔을 잘 돌리면 숨 쉬는 걸 까먹어 컥컥거렸고, 웬일로 숨을 제때 쉬면 팔이 이상한 모양으로 꺾여 있었다.

역시나 육상 포유류인 주제에 물에 오래 머물겠다는 게 욕심이었을까. 내 속에는 내가 너무도 많아 무엇 하나 내 마음대로 움직일 수 없었다. 뭔가 잘못되고 있는 게 분명했다. 다른 누구도 아닌 내 팔에 스스로 머리를 얻어맞은 뒤 그런 결론을 내렸다.

내가 온갖 우스꽝스러운 동작을 선보이는 동안 선생님은 아주 진지한 표정으로 그런 나를 관찰하고 있었다. 그리고 무엇이 문제인지 알았다는 듯 이렇게 소리쳤다.

"숨 다 쉬었으면 얼른 팍 들어가요! 앞을 궁금해하면

안 돼!”

　　내가 내 팔에 얻어맞게 된 경위는 다음과 같았다. 자유형을 제대로 하기 위해서는 고개를 옆으로 살짝 돌려 호흡하고 빠르게 다시 물속으로 들어가야 한다. 하지만 나는 앞을 보겠다는 일념하에 거북이처럼 머리를 꼿꼿이 들고 숨을 쉬었다. 수면 위로 고개를 ‘쑤욱’ 내밀면 몸은 자연스럽게 가라앉는다. 몸이 완전히 가라앉는 걸 막으려면 손을 더 빨리 휘저어야 한다. 정석대로라면 손을 휘저을 즈음에는 이미 고개가 물속으로 들어가 있어야 한다. 그러나 내 머리는 여전히 정면을 향한 채 수면 위에 둥둥 띄워져 있었고, 이로 인해 다가오는 내 팔에 속절없이 얻어맞을 수밖에 없었던 것이다.

　　선생님은 제발 앞을 볼 생각을 버리라고 신신당부했다. 가야 하는 방향이 앞인데도 앞을 보지 말라는 말이 마치 눈을 감고 걸으라는 말처럼 들렸다. 한평생 앞을 보고 살아왔건만 절대로 앞을 궁금해하지 말라니. 그럴수록 괜히 더 보고 싶은 건 왜일까. 기를 쓰고 고개를 들어 봤자 보이는 건 소독약 냄새가 풍기는 물과 익숙한 수영장 풍경뿐이라는 걸 알면서도.

머리를 조여 오는 수경의 익숙하지 않은 느낌도, 바닥만 내려다봐야 하는 시야도 답답하기 그지없었다.

"머리 숙여!"

나 그동안 이렇게나 착실히 앞을 보며 살아왔구나.

"고개 들지 말고옥!"

저 멀리 선생님이 내지른 목소리가 넓디넓은 수영장에 우렁차게 울려 퍼졌다.

나아갈 방향을 바라보아서는 안 된다는 이 이상한 세계에 적응하기까지 무려 3일이 걸렸다. 선생님의 말을 착실히 따른 덕분인지 이후로는 내 팔로 내 머리를 때리는 그런 기행을 벌이지 않을 수 있었다. 이제 겨우 제대로 호흡할 수 있게 된 거였다. 남은 건 연습, 또 연습이었다.

헤엄이
수영이 될 때

일주일이 지나자 나는 나 자신을 때리지도 물을 먹지도 않은 채로 자유형 비슷한 걸 흉내 낼 수 있었다.

물론 두 손은 킥판을 꼭 붙잡은 상태였다. 어쩌다 실수로 킥판을 놓치기라도 하면 극심한 불안에 시달렸다. 킥판이 나의 생명줄 같았다. 내가 킥판 없이 떠 있을 수 있는 한계점은 격렬한 개헤엄과 극심한 체력 소진을 동반한 10미터가 전부였기 때문이다.

"이제 킥판은 뒤에 올려 두시고, 출발할게요."

선생님이 아주 태연하게 말했다. 순간 잘못 들은 건가 착각할 정도였다. 나는 애착 인형을 빼앗긴 강아지처럼 허망한 표정을 지었다. 킥판 없이 출발하라니. 마치 빌딩 위에서 그냥 뛰어내리라는 말처럼 들렸다.

"그냥요? 이대로요?"

내 당황한 목소리에도 선생님은 담담하게 고개를 끄덕거리며 손짓했다.

"킥판 있다고 상상하고 하면 돼요. 출발!"

킥판이 없는데 있는 것처럼 상상하고 가라니. 낙하산이 있는 것처럼 상상하고 뛰어내리라는 것과 뭐가 다른가. 1400미터도, 140미터도 아닌 고작 1.4미터 깊이의 수영장에 몸을 담그고 있는 사람치고는 꽤 극단적인 생각이었지만, 이대로 킥판도 없이 출발하면 점점 가라앉아 물을 잔뜩 먹을 게 뻔하다는 생각 때문에 두려움이 앞섰다. 하지만 자고로 수영장에는 앞사람, 뒷사람 사이의 간격을 일정하게 유지해야 한다는 암묵적인 평화 협약이 존재하기 때문에, 나는 별수 없이 발을 구르며 출발했다.

'나 지금 물에 떠 있잖아?' 머릿속에 떠오른 생각은

오직 이것 하나뿐이었다. 나는 킥판도 없이, 격렬한 발차기도 없이 물에 떠 있었다. 뜰 수 없는 곳에 떠 있는 듯한 느낌에 마치 하늘을 나는 것처럼 생경한 기분이 들었다. 내가, 수영을 하고 있었다. 개헤엄이 아닌 진짜 수영을.

첫 수영의 순간은 아주 갑작스럽게 찾아왔고, 맨몸으로 물살을 가르는 기분은 형언할 수 없이 황홀했다. 그동안 연습했던 호흡과 팔 동작도 물 흐르듯 자연스럽게 이뤄졌다.

그러나 왜 잊고 있었을까? '어느 날 갑자기 잘하게 되었습니다' 같은 일은 죽어도 일어나지 않는다는 걸. 수영을 하고 있다는 느낌은 대략 15미터 지점까지만 지속됐다. 개헤엄보다 5미터쯤 앞선 기록이었다. 그 이후로는 몸이 점점 가라앉는 게 느껴졌다.

결국 나는 수영장 바닥에 입을 맞추기 직전에야 다리를 굽혀 바닥을 딛고 섰다. 레인 중앙에 우뚝 서 있는 게 매너가 아니라는 걸 잘 알고 있었지만 숨이 너무 차서 도저히 끝까지 갈 수 없었다. 차가운 현실이 내 머리를 두드렸다. 나는 지하철 계단도 쉬면서 올라가야 할 정도의 저질 체력 인간이다. 즉, 지구력이 부족한 수준이 아니라 아예 제로에 가까운 상태였다. 그런 내가 25미터 레인 완주를 바라는 게 어불성설이었다.

옆 레인을 슬쩍 보니 쉬지 않고 끝에서 끝까지 질주하는 중급반 사람들이 눈에 띄었다. 뒤를 돌아보니 다음 사람이 빠르게 다가오고 있었다. 이대로라면 곧 충돌할 위기였다. 나는 선택의 여지 없이 물속에 머리를 푹 집어넣고 자유형을 시도했다. 가쁜 숨을 내뱉느라 '음~파!'가 아닌 '웅파웅파웅파파!'에 가까운 호흡을 해야 했다.

겨우겨우 레인의 반대쪽 끝에 도착해 벽에 매달리자 100미터 달리기라도 한 듯 숨이 가빴다. 1.4미터 깊이의 물에 잠겨 있으니 숨 쉬는 게 더더욱 쉽지 않았다. 뒤따라오는 사람들에게 먼저 가라며 손짓하려던 찰나, 저 멀리 25미터 거리에 있는 선생님이 매의 눈으로 나를 발견하고 소리를 질렀다.

"빨리 와요, 빨리 와! 쉬면 안 돼! 쉴 거면 돌아와서 쉬어요!"

흐엉, 나는 물개 같은 소리를 내며 다시 물속으로 들어갔다. 25미터 레인은 내 생각보다 훨씬 길었다.

험난한 첫 자유형을 마친 뒤 귀가한 나는 또다시 점심을 흡입했다. 어쩜 이렇게 입맛이 확 도는지 놀라울 지경이었다. 식욕이 없다는 건 무슨 기분일까?

　　그리고 일을 하겠다며 방으로 돌아가 노트북을 켜기가 무섭게 기절하듯 잠들었다. 하루치 체력을 오전 수영에 모두 소진해 버린 탓에 또다시 방전된 것이다. 다시 눈을 떴을 때는 오후 7시였다.

　　운동을 하면 신경세포가 생겨나고 뇌가 활성화되어서 일을 더 잘할 수 있다는 말을 들은 적 있다. 아무래도 그 이야기는 이미 어느 정도의 체력과 근력을 갖추고 있는 사람에게만 해당되는 모양이었다. 최소한의 체력과 근력이 생길 때까지는 그저 종이 인형처럼 팔랑거리며 반쯤 감긴 눈으로 하루하루를 보내는 수밖에 없었다. 이대로라면 체력을 얻고 커리어를 잃을 위기였다.

누워 있는 것도
재능이었다니

"난 오래 누워 있으면 허리가 아프더라"라는 말을 처음 들었을 때는 놀라움을 감추기 힘들었다. 몽골인 중에 시력이 6.0인 사람도 있다는 사실을 처음 알게 되었을 때 꼭 그런 기분이었다. 인간의 편차란 이토록 크구나.

나는 아주 오랫동안 누워 있는 게 인간의 기본값이라고 생각해 왔다. 누워 있는 것이야말로 중력에 순응한 지극히 편안한 자세가 아닌가 하고. 오래 서 있거나 앉아 있어서 허리가 아팠던 적은 있어도, 누워 있어서 불편했던 적은 단 한 번도 없다. 12시간은 물론, 14시간 수면도 거뜬하다. 그러다 "허리 아플까 봐 하루 7시간 이상은 안 잔다"라는 지인의 말을 듣고서야 비로소 깨닫게 되었다. 어쩌면 누워 있는 게 나의 재능일지도 모른다고.

궁금한 것만 있으면 사전을 찾아보는 게 나의 취미 생활인 만큼 누워 있는 게 정말 나의 재능이 맞는지 확인하기 위해 '재능'이라는 단어를 찾아봤다. 표준국어대사전에 따르면 재능이란 "어떤 일을 하는 데 필요한 재주와 능력"이다. 그러니까 굳이 더 자세히 따져 보자면 그 '일'이라는 게 거사인지 소사인지는 정확히 명시되어 있지 않다.

그러니 살아가는 데 있어 하등 도움 안 되고 그 어느 하나 유용한 구석이 없는 재주라 해도, 재능은 재능이다. 재능이 진정 빛을 보기 위해서는 적절한 환경과 시대적 배경이 뒷받침되어야 한다. 어느 누군가는 뗀석기를 유난히 잘 만드는 재능을 타고났는데 몇만 년이나 늦게 태어나는 바람에 그 재능을 유용하게 써먹지 못하고 있을지도 모르는 일이다. 모두가 갓생을 외치는 이 시대에 잘 누워 있는 재능을 타고난 나 역시 비운의 인재가 아닐 수 없다.

상황이 이렇게 된 이상 나는 그냥 나의 재능을 인정하고 누울 기회를 놓치지 않으며 살아가기로 했다. 취미는 사전 검색, 특기는 누워 있기라고 스스로를 정의하고 나니 마음이 편안해졌다.

그러던 어느 날 항상 누워만 있던 내게도 뜻밖의 희소식이 찾아왔다. 나의 '누워 있기'를 진정 쓸모 있는 재능으로 인정받는 날이 오게 된 것이다.

운동과는 담을 쌓고 지내던 나에게 수영장은 신세계였다. 중력을 받아 축축 늘어지던 몸이 부력의 도움을 받으니 훨씬 자유롭고 편안하게 느껴졌다. 곰곰이 생각해 보면 당연한 일이었다. 수영을 처음 배울 때 가장 먼저 하는 게 바로 '힘 빼기'이니까. 바른 자세로 발을 차고 팔을 휘젓는 것도 중요하지만 무엇보다도 몸에 힘을 뺄 줄 알아야만 잘 뜨고 잘 나아갈 수 있다. 그리고 이건 내 전문이었다. 나는 힘주는 걸 못하는 거지 힘을 빼고 가만히 있는 건 제일 잘하기 때문이다. 이러한 나의 재능은 배영을 배우며 더더욱 빛을 발했다.

"자…. 힘을 빼고 천천히 물에 누워 보세요. 물에 뜨는 감각을 익힐 거예요."

나는 평소에 하던 대로 힘을 빼고 벌러덩 누웠다. 과장을 좀 하자면 그대로 잘 수도 있을 것 같았다. 애초에 힘 빼고 누워 있는 게 내 기본값인데, 그 배경이 물 위라고 한들 그걸 못할 리가 없었다. 선생님은 눈을 동그랗게 뜨고 말했다. "뭐야, 왜 이렇게 잘해!"

내 수면 경력이 수면 위에서 빛을 발하는 순간이었다. 힘을 빼고 누워 있는 상태에서 팔을 돌리니 몸이 미끄러지듯 수면을 갈랐다. 남다른 속도였다. 그렇게 나는 선생님을 놀라게 하며 하루 만에 배영 진도를 끝내 버렸다. 그동안 누워서 보낸 시간이 헛되지 않았음을, 수영 선생님으로부터 무한 칭찬을 받으며 확인할 수 있었다. 역시 누워 있는 것도 재능이다!

수영을 배우며 나만의 즐거움을 하나둘씩 늘려 갈 수 있었다. 가끔은 수영 강습이 끝난 뒤 유아풀로 이동해 사람이 없는 공간에서 멍하니 누워 있곤 했다. 물에 둥둥 떠 있으면 마치 폭신한 침대에 누운 듯 편안했다. 두 귀가 물에 잠겨 온갖 소리가 낮게 울리는 그 감각도 좋았다. 아무리 힘든 영법을 배우더라도, 그 끝에는 편안하게 누워서 쉴 수 있다는 게 얼마나 큰 위안이었는지! 역시 나는 누워 있는 게 가장 좋다. 땅 위에서도, 물 위에서도.

벗고
만난 사이

"내가 운동하다가 만난 친
군데…." 카페에 앉아 친구와 대화를 하다 무릎을 탁 소
리 나게 내리쳤다. 그런 거였구나. 건강쟁이들은 운동하
면서 친구를 사귀는구나.

어쩐지 이제는 새 학기가 돌아와 좋든 싫든 주기적
으로 친구 목록을 업데이트해야 하는 나이도 훌쩍 지나
버렸는데, 다들 어디서 그렇게 새 친구를 사귀는 건지 궁
금해하던 참이었다. 안 움직여 인간인 나에게 인간관계
란 마치 건조기에 잘못 돌린 니트 같아서 피치 못할 사정
으로 줄어들 순 있어도 다시 늘리는 건 쉽지 않았다.

아무튼, 운동 좋아 인간인 친구의 말에 따르면 함께 운동을 하는 사이에는 마치 전우애 같은 끈끈함이 생긴다고 했다. 고통을 함께 이겨 냈다는 동질감이라나. 게다가 운동하는 장소가 같다는 건 생활 반경이 같다는 뜻이기도 하니 높은 확률로 동네 친구를 사귈 수 있다는 것도 단체 운동의 장점이라고 했다.

수영 강습 인원이 꽉 찼다는 이야기를 들었을 때 이것이야말로 이 깡시골에서 동네 친구를 사귈 기회가 아닐까 남몰래 기대했지만 그런 일은 일어나지 않았다. 우리 동네 수영장 회원들의 평균 연령은 약 65세. 20대 여성이라고는 나 하나뿐이었다.

물론 예상하지 못한 바는 아니었다. 굳이 이런 시골 동네가 아니더라도 평일 오전 10시에 돈을 벌거나 공부를 하는 대신 수영장에 출석할 수 있는 젊은이는 그리 많지 않으니까. 나 역시 몇 번이나 '학생인가, 아니면 백수인가' 하는 궁금증 가득한 시선을 받았다.

그러던 어느 날 평소처럼 샤워를 마치고 수영장으로 들어섰는데 상상도 못 하던 풍경이 펼쳐졌다. 늘 마주하던 얼굴들 사이에 낯선 존재가 있었다. 젊은 여자였다! 그는 사람 좋은 미소를 지으며 아주머니들의 이야기에 귀를 기울이고 있었다. 그때 나를 발견한 한 중년의 회원이 크게 손짓하며 그에게 소개해 주었다.

"어엉, 둘이 인사하면 좋겠네. 또래니까."

알고 보니 그는 나와 동갑이었다.

"저… 이 동네에서 동갑내기 처음 봐요!"

나는 젊은 여자에 미친 사람처럼 눈을 반짝거리며 말했다. 누가 뭐라고 해도 나는 이 여자를 원했다. 기필코 친구가 되고 말겠다고 결심했다. 다행스러운 건 이러한 마음이 나 혼자만의 감정은 아니라는 점이었다. 그 역시 동네 친구를 찾아 헤매고 있었다며 나를 반겼다. 무려 3년 동안 시도했지만 이 동네에서 또래 여성을 찾는 게 워낙 힘들어 친구 사귀기를 포기했다고 했다.

"다른 동네는 당근마켓에서 친구도 사귀고 모임도 열고 그러던데. 여기는 그런 게 없더라고요."

우리 동네 당근마켓을 요약하자면 '당신 근처에서 농막, 소나무, 벽난로를 거래해 보세요. 그러나 젊은이는 없습니다' 정도다. 청년 회장이 예순 살인 동네이니 더 설명할 것도 없다.

　나 역시 이곳으로 이사하고 초반 몇 년 동안은 어디 젊은이 모인 곳은 없을까 하며 어슬렁거렸지만 10년이 훌쩍 지난 지금은 모든 걸 체념해 버렸다. 그리고 새로운 친구를 사귀는 건 피곤한 일이라며 홀로 이불 속의 행복을 만끽하게 된 지 오래다.

　게다가 내게는 은근히 타인과 거리를 두는 구석이 있다. 그 누구와도 스스럼없이 대화하지만 정작 마음 깊이 친해지기까지는 꽤 오랜 시간이 걸린다.

　그러나 수영장에서 만난 새 친구와는 놀라울 정도로 빠르게 가까워졌다. 그의 성격이 아주 쾌활하고 멋지기 때문일 수도 있겠지만, 아무래도 우리가 '벗고 만난 사이'라는 점도 한몫한 듯하다. 초면에 함께 샤워하며 수다 떨 수 있는 사이는 흔하지 않으니까. 의도치 않게 친구가 된 첫날부터 더 숨길 것도 없는 관계가 되어 버린 셈이다.

　안 움직여 인간으로 오래 살아왔던 나에게 힘듦과 싫음은 늘 같은 의미였다. 힘든 것은 무엇이든 하기 싫었고, 싫은 것은 무엇이든 하기 힘들었다. 그러나 나란히 헤엄치는 즐거움을 알게 된 이후부터는 운동이 마냥 싫지만은 않았다. '힘들면서도 즐거운' 것이 존재한다니. 마치 수영장 바닥에서 보석이라도 주운 기분이었다.

하루쯤 운동을 빼먹어 볼까 싶다가도, 친구에게서 "오늘 수영 갈 거지?"라는 연락이 오면 못 이기는 척 수영장으로 향하게 됐다. '수영 친구'와 함께 누릴 수 있는 소소한 행복이 참 다양하다는 것도 처음 알게 되었다. 강습이 시작될 때까지 유아풀에 나란히 앉아 물장구를 치고, 25미터를 누가 더 빠르게 완주하는지 대결하고, 너무 힘들어 벌게진 얼굴을 보며 서로 놀려먹을 수도 있었다.

샤워장에서 질 좋은 수건이나 향기 좋은 바디워시 구매처를 공유하고, 수영장 근처 분식집에 마주 앉아 떡볶이를 먹고, 그 앞 벤치에 앉아 아이스 커피를 마시는 상쾌함은 수영 친구와 함께할 때만 누릴 수 있는 특권이다.

떡볶이를 게걸스럽게 입안으로 마구 쓸어 넣거나, 덜 마른 머리카락을 손으로 탈탈 털어 가며 걸어도 우리는 서로를 이해한다. 극한의 배고픔과 젖은 머리카락은 오늘도 물살을 헤치며 험난한 수영 강습을 해냈다는 증표이

니까. 함께 운동하는 친구가 생긴다는 건 내가 상상한 것
보다 더 멋진 일이었다.

어디에나
빌런이 있다

여러 사람이 모여 있는 곳에 꾸준히 출입하다 보면 어쩔 수 없이 이상한 사람을 만나는 순간이 온다. 단체 운동의 장이라고 해서 예외가 있을 리 없었다. 수영장에서 평화롭게 운동할 수 있길 간절히 염원하던 내게도 '빌런'과 마주치는 시련이 닥쳤으니, 나의 '움직여 생활'에 처음으로 차질이 생긴 순간이었다.

여자 탈의실에서 수영복을 챙겨 입고 나오니 저만치 앞서 걸어가고 있는 아빠의 뒷모습이 보였다. "아빠!" 하는 나의 외침에 물속에서 둥둥 떠다니던 아주머니들의 눈이 동그래졌다. 그도 그럴 것이 아빠는 정말 엄청난 동안이다. 어디를 봐도 환갑을 앞둔 사람처럼 보이지는 않는다.

게다가 아빠와 딸이 함께 운동을 다니는 건 꽤 드문 일이기에 중년의 여성 회원들이 몰려와 아빠와 나를 둘러싸고 칭찬을 쏟아 냈다. "아빠가 정말 젊네! 이렇게 다 큰 딸이 있다고 누가 상상이나 하겠어?" "딸을 데리고 운동을 다니다니, 이렇게 좋은 아빠가 있어? 우리 남편은 이런 거 상상도 못 해!"

그렇게 돈독한 부녀지간을 자랑하며 수영장에 다니던 어느 날, 친구가 내 귓가에 소문을 속삭였다.

"이번에 우리 반에 새로 들어온 사람이 있는데, 옆 레인에 원조 교제 불륜 커플 봤냐고. 부끄러운 줄도 모르고 매일 같이 다닌다고 이 사람 저 사람 붙잡고 소문 내더라."

그럴 리가 없었다. 이 코딱지만 한 동네에서 공개적으로 바람을 피웠다가는 일주일 안에 면민들 사이에 소문이 쫙 나서 고개를 들고 다닐 수 없기 때문이다. 게다가 아무리 생각해 봐도 우리 반에는 그런 사람들이 없었다. 애초에 젊은 여성도 나밖에 없지 않은가.

"나야? 그 불륜녀가?"

그 사람이 진실을 알게 되기까지는 그리 오랜 시간이 걸리지 않았다. 혼자 수영하고 있는 나에게 다른 회원이 다가와 큰 소리로 물었다.

"아빠는 어디 가시고 혼자 왔어?"

그러자 옆 레인에서 그 말을 들은 문제의 주인공이 눈을 휘둥그렇게 뜨며 소리를 빽 질렀다. "아빠였어?!" 그러고는 혼자 무어라 중얼거리며 탈의실로 돌아가더니 그 길로 귀가해 버렸다. 실수를 직면하고 사과하느니 수영을 하루 포기하는 게 낫겠다고 판단했나 보다. 그의 기행이 그쯤에서 끝났다면 얼마나 좋았을까.

친구와 내가 나란히 수영장에 몸을 담그고 쉬고 있던 어느 날이었다. 갑자기 내 뒤로 누군가가 다가와 내 팔을 덥석 잡았다. 돌아보니 그 사람이었다. "바쁜 일 없으면 우리 교회 놀러 와. 내가 목사거든. 목사님이라고 불러." 곧이어 더 주옥같은 말이 이어졌다. "자기들 남자 소개받을 생각 없어? 나이도 자기들이랑 얼추 비슷하고 집

안에 돈도 많아. 부모가 서울에 땅이랑 건물을 엄청나게 가지고 있는데 다 걔 명의로 물려줄 생각이라니까?"

서울에 집이 있든 두바이에 빌딩이 있든 우리와 무슨 상관이란 말인가. 우리가 무슨 중세 백작가 영애도 아니고 토지를 보고 시집가는 시대는 이미 한참 전에 지나지 않았는가. 얼굴이 잘생긴 거라면 또 모를까.

몇 차례의 거절에도 불구하고 남자의 재력에 관한 상세 정보는 며칠에 걸쳐 계속 업데이트되었다. 얼마 지나지 않아 우리는 그 남자가 종로에 있는 아주 큰 금은방 사장의 아들이며, 차남이지만 장남보다 많은 재산을 상속받을 예정이라는 것까지 알 수 있었다. 그쯤 되니 그 남자가 금은방 차남이든 재벌집 막내아들이든 상종하고 싶지 않았다. 우리는 그와 눈이 마주칠 때마다 오만상을 쓰며 서둘러 자리를 피했다.

그러나 그는 우리보다 한 수 위였다. 아예 샤워장 출입구에 진 치고 우리가 지나가기를 기다리기 시작한 것이다. 수영장은 넓으니 요리조리 피해 다닐 수 있지만, 공간이 좁은 샤워장이나 탈의실에서는 어찌할 도리가 없다는 걸 잘 알고 있는 듯했다. 허락도 없이 몸을 만져 대는 것도 여전했다. 이 사실을 스포츠센터 운영팀에 알렸지만, 회원의 출입을 제재할 방안은 없다는 답이 돌아왔다.

며칠이 더 흘렀을 무렵, 수영장 오랜 회원으로부터 놀라운 진실을 들을 수 있었다. 그가 거짓말을 하며 우리에게 의도적으로 접근했다는 거였다. 그는 자신을 '한 번도 수영을 배워 본 적 없는 초보'라고 소개하며 초급반에 출석했으나 알고 보니 지난해에도 이 수영장에서 수영을 배운 이력이 있었다. 당시에도 수영장에 있는 소수의 젊은 여성들에게만 접근했고 그를 이상하게 여긴 다른 회원이 운영팀에 신고하자 모습을 감췄다고 했다.

그 말을 듣고 있자니 소름이 돋았다. 마침 한 다큐멘터리를 통해 젊은 여성들을 타깃으로 한 사이비 종교 집단의 범죄가 폭로된 직후였기 때문이다. 혹시나 하는 마음에 그가 운영한다는 교회 이름을 검색해 보았지만 역시나 그 어디에서도 정보를 찾을 수 없었다.

다음 날, 친구가 그에게 다가가 큰 소리로 말했다. "검색해 봤는데, 목사님이 운영하신다는 교회는 없던데요?"

그는 당황한 표정으로 말을 얼버무렸고 그날로 수영장을 그만두었다.

의도치 않게 수영장 빌런을 마주하게 되어 출석할 의지가 조금 사그라들기도 했지만, 그래도 일주일에 세 번씩 꼬박꼬박 수영장에 갔다. 내 목표는 꾸준히 운동하기, 그것 하나뿐이니까.

어느새 쉬지 않고 25미터 레인의 끝에서 끝까지 헤엄칠 수 있게 되었다. 이제는 수영을 마치고 집에 돌아온 후 기절하듯 낮잠에 빠지는 일도 줄었다. 모든 게 조금씩 나아지고 있었다.

수영장의
스티브 잡스

쌀쌀한 어느 겨울 오전 9시 20분. 나는 현관 앞에 서서 반쯤 졸고 있는 것처럼 느리게 눈을 끔뻑거리며 롱패딩에 팔을 집어넣고 있었다. 아침형 인간인 언니가 말끔한 모습으로 지나가다가 나를 흘끗 보며 말했다. "그러고 가냐?"

나는 잔뜩 눌린 머리를 움직이며 고개를 끄덕였다. 내 몰골이 많이 추레하다는 건 나도 잘 알고 있다. 부스스한 머리에 팅팅 부은 눈, 잠이 덜 깨서 굼뜬 동작까지. 매번 자다 깬 모습 그대로 집을 나섰으니까.

내가 거지꼴로 수영장에 가는 건 단순히 귀찮기 때

문만은 아니다. 어느 자기계발서에서 하기 싫은 일을 계속 실천하기 위해서는 일의 단계를 줄이는 게 좋다는 이야기를 읽고, 그 조언에 따른 건실한 행위다. 즉 나처럼 운동을 싫어하는 사람일수록 운동하러 가기까지 거쳐야 할 일들을 간소화해야 한다는 말이다. 자기계발서 속 "생각하지 마라, 행동하라"는 멋진 안내처럼, 나이키 매장에 큼지막하게 걸린 슬로건 "저스트 두 잇"처럼 그럴싸하지는 않더라도 나 역시 비스름한 것을 실천하고 있었다.

앞서 밝혔듯이 체력과 근력, 의지력 모두 부족한 내 삶에도 한 줄기 희망이 있다면 그건 바로 자기 객관화 능력이 뛰어나다는 점이다. 나는 "내가 안 하게 될 줄 몰랐어" 같은 말은 하지 않는다. 그런 건 비겁한 게으름뱅이나 하는 말이니까. 나는 그 대신 "안 하게 될 줄 알았다!"라고 말하곤 한다. 이건 이성적인 게으름뱅이로서 하는 말이다. '내 이럴 줄 알았다'라는 식의 말은 타인에게 건넬 때는 좋을 게 하나 없지만 그 방향이 나 자신에게 향할 때는 자아 성찰과 발전에 도움을 준다.

나는 안다. 잠에서 깨어 맑은 정신 상태에 놓이면 그때는 십중팔구 운동하러 가지 않을 거라는 걸. 사랑스러운 온수매트와 알러지 프리 이불 사이에 햄버거 패티처럼 놓여 편안함을 누리는 순간의 행복을 절대 포기하지 않겠다고 결심할 것이다. 그러니 운동을 빼먹지 않기 위해서는 아직 잠이 덜 깨 판단력이 흐릴 때 집을 나서는 편이 좋다.

여기에서 수영이라는 운동의 장점이 하나 드러나는데, 그건 바로 씻지 않고 가도 된다는 거다. 어차피 수영장에 들어가기 직전 깨끗하게 씻고 수영복을 입어야 하니 굳이 집에서부터 씻고 나갈 필요가 없다. 물론 집에서부터 멀끔하게 씻고 수영장에 도착해 또 씻는 사람들도 있겠지만, 움직임만큼은 최상의 효율을 추구하는 내게 '연달아 두 번 씻기'라는 선택지는 존재하지 않는다.

그리고 나는 더 효과적으로 운동을 지속하기 위해 수영장의 스티브 잡스가 되기로 결심했다. 옷을 고르는 행위 자체를 포기한 것이다. 입기 편한 원피스 몇 벌을 '수영장용'으로 정해 두고, 아침이면 단 1초의 고민도 없이 머리 위로 옷을 뒤집어쓰고 수영장으로 향했다.

탈의실에서 수영 가방을 열어 본 후 허망한 표정으

로 터덜터덜 집에 돌아가는 사람들을 몇 번 마주치고서 알게 된 사실은, 수영인의 복식에 신경 쓸 것이라고는 그저 '말려 둔 수영복을 잊지 않고 잘 챙기는 것' 하나밖에 없다. 어떤 옷을 입고 가든 어차피 도착하자마자 벗어 로커에 걸어 두어야 하기 때문이다.

이러한 지론하에, 내가 가장 자주 입은 옷은 엄마가 물려준 선명한 주황색 원피스였다. 살짝 바스락거리는 재질과 몸에 붙지 않는 넉넉한 사이즈 덕분에 입은 듯 안 입은 듯 편안했다. 한 가지 단점이 있다면 내가 이 옷을 입을 때마다 언니가 "당근이세요?"라는 말을 던진다는 것 정도일까. 그러나 그 말에도 반박의 여지가 없었다. 이 옷이 사람을 거대한 당근처럼 보이게 만든다는 점은 객관적으로 사실이다. 수영장에 가다가 당근마켓 홍보팀이라도 마주치게 된다면 분명히 옷의 구매처를 물어보지 않을까 싶을 정도다.

그렇게 나는 매일같이 자다 깨서 눌린 머리로, 주황색 원피스를 입고 스포츠센터 데스크에 가서 로커 키를 받았다. 초반에는 가능한 한 이런 모습을 타인에게 들키고 싶지 않아서 조용히, 약간 빠른 걸음으로 이동했다. 그러나 부끄럽게도 데스크 직원이 내 존재를 인지하는 데는 일주일도 걸리지 않았다. 당연한 일이었다. 아무리 매일 100명이 넘는 사람을 스쳐 보내며 반복적인 업무에 시달린다고 해도 '송혜교'라는 이름을 가진 사람이 주 3회 꼬박꼬박 거대 당근 같은 모습으로 찾아오는데 기억하지 않고 배길 수 있을까. 나 같아도 대파 같은 원피스를 입은 전지현 씨나 토마토 같은 티셔츠를 입은 손예진 씨를 매주 보게 된다면 기억할 텐데.

　내가 항상 이런 꼴로 다니는 건 아니라고 항변하고 싶은 마음에 휩싸였지만 그분이 내 몰골의 사정을 궁금해할 이유도 없거니와 다른 꼴로 수영하러 올 부지런함도 없기 때문에 입을 다물고 얌전히 회원 카드를 내밀었다. 대신 나는 그분이 나의 사회적 자아, 그러니까 머리도 정갈하게 빗겨 있고 눈도 팅팅 부어 있지 않으며 당근처럼 보이지 않는 나의 대외적 모습을 평생 모르기를 기도할 수밖에 없었다.

　어쨌든 스티브 잡스 전략은 성공적이었다. 패션을 포기하고 출석할 동력을 얻은 덕분인지 첫 한 달 동안 한 번도 결석하지 않을 수 있었다. 그리고 몇 주가 더 지났을 무렵, 당근 원피스 대신 검은색 티셔츠를 입고 출석한 나에게 데스크 직원이 웃으며 인사를 건넸다.

"오늘은 다른 옷 입으셨네요?"

4장

몸을 쓰는 기쁨

무명
에이스의 삶

'송혜교'라는 이름으로 살다 보면 가끔 꿈꾸게 된다. 무명의 삶이란 어떤 것일까. 참으로 자유롭지 않을까. 이건 내가 배우 송혜교 씨와 독특한 내 이름, 양쪽을 모두 좋아한다는 사실과는 별개다.

하루는 서울에서 행사를 마치고 지하철을 탔는데 앞에 앉아 있는 사람이 나를 유난히 빤히 쳐다보는 것 같다는 느낌이 들었다. 지난번에도 비슷한 일들이 있었지만, 그때는 "죄송한데 향수 뭐 뿌리셨는지 알 수 있을까요?"와 "혹시 그 가방 어느 브랜드 제품인가요?"라는 질문을 받았었다. 그러나 오늘은 향수도 안 뿌렸고 가방도 안 들었는데. 혹시 코트 정보를 물어보려는 것일까. 내가 큰맘 먹고 지른 이 롱코트가 저 사람 눈에도 예뻐 보이는 걸까.

이런 쓸데없는 생각을 하다가 타인의 시선에 얽매이지 말자고 다짐하며 신경을 끄기로 했다. 그러나 내릴 역을 확인하다가 낯선 이와 눈이 마주쳤을 때, 정확하게는 그 일이 다섯 번째 일어났을 때부터 무언가 단단히 잘못되었다는 걸 깨달았다.

코트에 큰 얼룩이라도 생겼는지 살펴보려던 찰나 '송혜교'라는 이름 석 자가 떡하니 눈에 들어왔다. 행사장에서 나눠 준 명찰을 고스란히 옷에 달고 나온 것이다. 너무 위쪽에 달아 내 눈에는 잘 띄지 않고, 타인의 눈에는 한눈에 쏙 들어오는 위치였다.

명찰 좀 달고 지하철을 탄 게 뭔 대수인가 싶겠지만 명찰에 쓰인 글자의 크기가 거대하고, 거기에 적힌 이름이 '송혜교'라면 이야기가 좀 달라진다. 나는 머쓱한 표정으로 명찰을 뺐다. 혹시라도 '연예인이 되고 싶은데 제가 사람들의 시선을 견딜 수 있는 사람인지 궁금해요!'라는 고민을 상담하러 오는 청소년을 만나게 된다면 "가슴팍에 송혜교나 차은우라고 적힌 명찰을 달고 사람들로 붐비는 지하철에 타 보시겠어요?"라는 답변을 해야겠다고 생각했다.

이처럼 톱스타의 이름을 달고 사는 건 꽤 피곤한 일이다. 이름은 명찰과 달리 똑 떼어 버릴 수도 없기 때문에, 이름과 관련한 에피소드가 때와 장소를 가리지 않고 생긴다. 심지어는 모자를 푹 눌러쓰고 병원 대기실에 앉아 콧물을 닦느라 빨개진 코를 훌쩍거리고 있을 때도, 안내데스크 직원이 "송혜교 씨 들어가실게요!"라고 부르기만 하면 함께 훌쩍거리며 앉아 있던 사람들이 전부 나를 바라본다. 그럼 나는 '아, 어쩌시겠습니까, 이런 송혜교도 있다고요'라는 덤덤한 표정을 지으며 진료실로 향할 수밖에 없다. 송혜교로 사는 데도 경력이 쌓였기 때문에 이제는 처음 만나는 누군가에게 나를 소개하면서 "어이쿠, 혹시 제가 실망시킨 건 아닌지?" 같은 농담을 건넬 정도로 여유를 부리게 됐다.

이렇듯 이름만으로도 세간의 주목을 끌어온 사람에

게 수영장은 아주 좋은 곳이다. 수영장에서만큼은 이름이 독특한 사람이 아니라 그냥 수영 못하는 사람으로 대우받을 수 있기 때문이다. 대문짝만하게 이름이 적혀 있는 회원 카드를 데스크에 맡기고 나면 물속에서는 아무도 내 이름을 묻지 않는다. 염소 섞인 물에 독특한 힘이라도 깃들어 있는 걸까? 만나면 통성명부터 하는 게 예의라는 한국 사회의 암묵적인 룰이 이곳에서는 맥을 못춘다.

그래서인지 수영장에서는 몇 달을 함께 운동한 사이에서도 이름을 모르는 경우가 부지기수다. 나는 주로 '젊은 아가씨' '학생(아님)' '딸내미(아빠와 함께 다니기 때문에)'로 불렸다. 굳이 이름을 알리지 않아도 아주머니 회원들의 관심을 독차지할 수 있었다.

"어, 자기. 저기. 딸내미랑 인사했어? 초급반 에이스잖아. 부녀가 쌍으로 막 물살을 갈라. 아주 선수 부녀야!"

나는 가장 늦게 합류했지만 빠르게 진도를 따라잡았다는 이유만으로 초급반 에이스가 되었다. 국가대표 선수 중 에이스도 아니고, 도민체전 선수 중 에이스도 아니고, 우리 수영장 에이스도 아닌, 겨우 수강생 15명인 초급반 에이스에 불과하지만 수식어는 화려했다.

　나는 부정하는 대신 그저 웃어 보였다. 아주머니들의 과장 넘치는 화법이 내게 수줍음을 안겨 주긴 해도, 잘하고 싶은 마음에 도움이 됐기 때문이다. 원래 옆에서 호들갑을 떨어 주는 사람이 있으면 더 열심히 하게 되는 법이다.

　그러나 이러한 무명 에이스의 삶은 그리 오래 계속되지 않았다. 우리 동네를 휘어잡은 인싸 아빠가 수영장 회원 번개를 추진했고, 모임에서 아빠가 내 책을 홍보하면서 이름이 알려졌다. 평일 오전 10시에 꼬박꼬박 수영장에 오는 걸 보니 대학생 아니면 백수이겠구나, 내 정체를 그렇게 짐작하고 있던 회원들은 내가 작가이자 교육자라는 사실에 놀라워했다.

　며칠 뒤 샤워장에서 머리를 감고 있던 찰나. 유난히도 다정한 한 회원이 다가와 이야기했다. "나 혜교 씨 책 주문했어요. 네이버에 검색해서 혜교 씨 인스타그램도 봤어요."

　인스타그램? 청천벽력 같은 소식에 눈앞을 가리던

샴푸 거품을 벅벅 씻어 냈다. 실 한 오라기 걸치지 않은 태초의 상태였다.

"자기가 혜교 씨 책을 샀다고?" 마찬가지로 다정한, 또 다른 회원이 옆에서 바디워시를 샤워볼에 쭉쭉 짜서 얹으며 말을 거들었다.

"아니 인스타그램에 올린 글 보니까 생각보다 대단한 사람이더라고. 서울대학교에 강의도 나간다며? 책도 상 받았다고 적혀 있던데? 축하해요!"

그는 환한 미소를 지으며 내가 책을 쓴 적 있다는 사실을, 가끔 강단에 선다는 사실을 샤워장 내부에 큰 소리로 공표했다. 나는 머리 위로 쏟아지는 물을 맞으며 생각했다. 책 판매량이 한 부 늘어났다는 기쁨과 내 커리어를 높이 사 준 것에 대한 감사와 지금 이 순간 알몸으로 모두의 주목을 받고 있다는 부끄러움 중 무엇이 가장 클까 하고.

레벨업의
짜릿함

"나 어제 밤을 새워서 피곤해 죽겠다." 친구의 이야기에 나도 모르게 말이 툭 튀어 나갔다. "어쩌다가?"

체력을 끌어다 쓰면 훗날 어떻게든 해결되리라 믿었던 20대 초반 이후, 우리에게 '밤새우기'란 선택지에 없는 일이 됐다. 젊음을 무기 삼아 잠도 밥도 거르고 일하다가 위염과 피부염, 심지어 관절통까지 속성으로 얻은 뒤 깨친 뼈저린 교훈이었다. 그때 난 결심했다. 절대로 내게 주어진 에너지를 다 쓰지는 말자고. 누워서 아무것도 안 할 시간을 살뜰히 확보하며 살자고. 술을 먹든 넷플릭스를 보든 해 뜨기 전에는 자야 한다. 그렇지 않으면 다음 날 약간의 두통과 설명하기 힘든 속 쓰림, 정체를 알 수 없는 초점 흐림을 겪게 되리라.

게다가 이제는 밤을 새울 체력도 없다. 새벽 4시를 넘길 수 있는 건 오직 침대에 누워 충전기가 꽂힌 스마트폰을 손에 쥐고 있을 때뿐이다. 손가락 외에는 신체의 그 어떤 부위도 움직이지 않아야만 오래 버틸 수 있다. 새벽 2시쯤 새로운 드라마나 웹툰을 정주행해야겠다고 마음을 먹는다 한들 고요한 새벽에 찾아오는 그런 일탈 욕구쯤은 언제나 저질 체력 선에서 말끔히 정리되곤 한다. 완결까지 다다르기도 전에 언제 잠들었는지 모른 채 마무리되기 일쑤다. 밤을 새웠다기보다는 그냥 늦게 잤다고 표현하는 편이 맞았다. 친구와 나는 그런 서로의 체력을 잘 알고 있었다.

그러니 친구가 밤을 새웠다면 그건 높은 확률로 타의에 의한 것이리라. 만약 일하느라 그랬다고, 상사가 일을 너무 많이 줘서 밤을 새울 수밖에 없었다고 말한다면 고용 인력을 늘리지 않고 사람을 갈아 넣어 회사를 유지하는 경영진과 선량한 사회 초년생에게 감당하기 힘들 정도의 업무를 몰아준 상사를 함께 욕해 줘야지. 그렇게 결심했다. 그래도 다 먹고살자고 하는 일인데, 잠은 재워 가면서 일을 시켜야지, 엉? 그런 공감의 멘트까지 이미 준비해 두었다.

하지만 "게임하느라"라는 아주 의외의 답이 돌아왔을 때는 받아칠 말을 빠르게 찾을 수 없었다. 잘했어? e스포츠 선수도 아닌데 게임하느라 밤새운 게 칭찬해 줄 일은 아니지. 왜 그랬어? 자기 시간 써서 취미 활동한다는데 이유를 물을 필요 없고. 나도 그런 적 있어? 애초에 내가 할 줄 아는 게임이라고는 보드게임뿐이라 공감해 줄수가 없었다. 몇 초의 정적 끝에 나는 할 말을 찾아냈다.

"… 그럴 수 있지."

내가 답변에 어려움을 겪었다는 걸 눈치챘는지 친구가 어쩔 수 없다는 듯 덧붙였다.

"너는 안 해 봐서 몰라. 레벨업이 사람 미치게 하는 거야."

친구는 레벨업이 주는 짜릿함이 얼마나 큰지에 대해 신나게 설명했지만, 게임도 안 하고 회사도 안 다니는 나로서는 이러나저러나 레벨업이나 승급 같은 걸 경험할 일이 없어 공감하기 힘들었다. 비슷한 경험을 찾아봤자 어제보다 오늘 글을 훨씬 많이 썼다, 내가 쓴 칼럼에 댓글이 많이 달렸다. 뭐 이런 것 정도일까.

그렇게 잔잔하던 내 삶에도 짜릿한 레벨업의 날이 찾아오게 되었다. 어느 날 수영 선생님이 다가와 이름을 묻더니 "중급반 명단에 이름 올려 둘게요. 다음 달 1일부터는 옆으로 넘어가세요"라고 일러 준 것이다.

중급반 승급이라니! 침대에서 일어나 불을 끄는 것조차 힘들어서 스마트 전구를 사고, 가끔은 너무 귀찮아서 화장실에 가는 것조차 미루던 나의 안 움직여 생활에 역사적인 한 줄이 적히는 순간이었다. 비록 초급반과 중급반 사이에 있는 건 겨우 줄 하나뿐이라는 걸 알고 있지만 그 줄을 넘어가라는 말이 그렇게 기쁠 수 없었다.

여전히 자유형 25미터만으로도 숨을 헉헉거리지만, 가끔은 배영을 하다 내가 일으킨 물살에 내가 물을 먹는 우스운 꼴이 되지만, 그래도 레벨업을 해낸 기분이 들었다. 무언가 새로운 감정이 저질 체력의 틈을 비집고 들어와 자리 잡는 게 느껴졌다. 물은 조금 더 먹겠지만 어쩌면 이번에는 몇 년간 나를 괴롭힌 이 지긋지긋한 저질 체력의 구렁텅이에서 헤엄쳐 나올 수 있을지도 모르겠다는 희망이.

욕망의 항아리
같은 여자

내가 아주 어릴 적부터 엄마는 나를 보며 이렇게 감탄했다.

"어쩜 이렇게 갖고 싶은 것도, 먹고 싶은 것도, 하고 싶은 것도 많을까."

사고 싶은 게 너무 많아서 장바구니가 빌 일이 없고, 누군가 먹고 싶은 게 있냐고 물어보면 그 언제라도 지체하지 않고 답할 수 있으며, 버킷리스트로 책 한 권을 쓸 수 있는 사람이 바로 나다. 초등학생 시절부터 알고 지낸 한 친구는 이런 나를 한마디로 정의해 주었다.

"넌 욕망의 항아리 같은 여자야."

욕망에 사로잡혔다, 욕망에 **빠졌다**, 욕망이 들끓는다. 욕망이라는 단어가 흔히 쓰이는 문장은 하나같이 강렬하기 그지없다. 빠지든 끓어오르든 잡히든 쉽게 헤어나올 수는 없는 거다. 그러니 단순히 '음, 하고 싶은데'라고 자주 말하는 수준으로는 욕망의 항아리라는 소리를 듣기 힘들다. 진정 욕망의 항아리 수준에 이르기 위해서는 그 대상을 끊임없이 떠올리고 아주 강렬하게 원해야 한다.

욕망을 현실로 이뤄 내는 데 드는 비용은 정말 다양한데, 금전적으로 따져 보자면 묵직한 동전 지갑 들고 다이소에 방문해 손에 넣을 수 있는 수준의 물건부터 반포 자이 91평형 정도까지 그 편차가 크다. 그러니 언제나 항아리를 꽉 채울 수 있는 일확천금을 바라며 살 수밖에 없다.

그러나 정녕 나를 애타게 하는 것은 금전적인 욕망이 아니다. 돈으로 해결할 수 없는, '잘하고 싶은 욕망'이야말로 나를 괴롭히는 일등공신이다. 아이유처럼 노래를 부르고 싶다거나 조승연 작가처럼 7개 국어를 하고 싶다는 터무니없는 마음이 들 때도 있고, 펜을 잘 돌리고 싶다든지 날아오는 과자를 잘 받아 먹고 싶다든지 하는 하등 쓸모없는 능력이 갖고 싶을 때도 있다. 욕망은 이렇게 온갖 군데에서 튀어나와 나를 사로잡곤 한다.

중급반으로 승급한 후 나는 자연스레 새로운 것을 욕망하게 되었다. 평영, 평영을 잘하고 싶다! 내 항아리가 쩌렁쩌렁 울렸다. 평영은 중급반의 상징 같은 거다. 자유형과 배영을 잘해야만 중급반에 갈 수 있고, 중급반에 가면 비로소 평영을 배우게 되고, 그 평영을 잘해야만 상급반에 갈 수 있다. 그러니 정말 평영을 잘하고 싶었다.

이건 내게 아주 충격적인 일이었다. 그동안 내가 욕망한 것들 중 격렬한 움직임을 동반하는 건 단 한 가지도 없었기 때문이다. 영어를 잘하고 싶을 때는 누워서 단어를 외웠고, 좋은 피부를 원할 때는 팩을 붙이고 누워 있었다. 심지어 여행하는 걸 미치도록 좋아하는데도 산티아고 순례길 같은 건 입에도 담아 본 적 없었다. 여행에서까지 고행을 경험하다니 안 될 일이었다. 그러니 그 배경이 산티아고든 집 마당이든 축구장이든 운동을 해야겠다거나 심지어 잘해야겠다는 생각 같은 건 내 뇌를 비집고 들어온 전적이 없었다.

이렇게나 소박하고 건강한 욕망을 갖게 되다니 기쁜 일이었다. 다만 한 가지 문제가 있다면, 내가 평영에 소질이 없다는 거였다. 배영 진도를 빠르게 나가며 잔뜩 의기양양해졌던 마음은 평영을 배운 즉시 차갑게 식어 버렸다. 나는 언제 초급반 에이스로 불린 적이 있었냐는 듯 최악의 성적을 냈다. "다리를 쭉 벌렸다가 힘차게 차고, 다시 모으세요!" 선생님은 분명 성의껏 나를 가르쳤으나 그 열정에 비해 내 습득 수준은 처참했다.

자유형과 배영은 그나마 어디서 어깨너머로 본 게 있어서 얼추 따라 할 수 있었지만, 평영은 내가 한 번도 상상해 본 적 없는 움직임이었다. 동작을 따라 할 때마다 우스운 사람이 되는 기분이었는데 막상 선생님의 시범을 보고 있자면 우아하기 그지없었다. 그런데 나는 '용왕님에게 말 지지리도 안 듣는 막내딸이 있다면 꼭 이렇게 헤엄치지 않을까' 싶은 자유로운 발차기를 선보였고, 선생님은 혼란스러워했다.

자세를 대충 흉내 내는 데만도 일주일이 걸렸다. 그

러나 말 그대로 '흉내'에 그쳤을 뿐, 그 속도는 개헤엄만도 못했다. 가끔은 내가 계속 제자리에 있는 건가 싶어 두리번거리며 안전요원 선생님의 의자 위치를 확인하곤 했다. 한참 발버둥을 쳤는데도 아직 절반도 오지 못했다는 걸 알게 될 때면 꽤 속상했다. 수영장 가장 끝에 있는 걷기 레인에서 관절 건강을 위해 걷고 있는 할머니들보다 느리다는 사실이 부끄러웠다.

처음에는 늘 그렇듯 모두 함께 못했기 때문에 그리 큰 문제가 되지 않았다. 다 함께 신나게 헛발질을 한 다음 강습이 끝나고 나면 서로의 얼굴을 마주하고 "허허 어렵네요" 하며 화목하게 헤어졌다. 그러나 시간이 흐를수록 요령을 터득한 회원들이 하나둘씩 빠르게 치고 나갔고, 나만 혼자 느릿느릿 출발 지점으로 돌아와야 했다.

줄줄이 소시지처럼 이어서 레인을 돌아야 하는 수영 강습의 특성상 앞사람이 멀어지면 항상 불안하고, 뒷사람이 다가오면 늘 조바심이 났다. 개구리처럼 빠르게 움직이는 사람들 사이에서 나 혼자만 올챙이로 남아 있는 기분이었다. 왜 나만 안 되는 걸까?

몇 차례 잠수해 다른 사람들의 동작을 살펴본 끝에

한 가지 원인을 찾을 수 있었다. 물속에서 다리를 빠르게 차고 다시 모으기 위해서는 어느 정도 근력이 필요한데, 내게는 그만큼의 근력이 없었던 것이다. 이번이야말로 가질 수 없는 것을 욕망했다는 사실에 침울해졌다. 언제부터 그렇게 운동에 진심을 다했다고 되지도 않는 욕심을 냈단 말인가. 그런 내 표정을 눈치챈 것인지 강습이 끝난 뒤 선생님이 다가와 이렇게 말해 주었다.

"평영은 오래 가기 위한 영법이지, 빨리 가기 위한 영법이 아니에요."

사람이 물에 빠졌을 때 가장 유용하게 쓰이는 게 바로 평영이라고 한다. 체력 소모가 적어 수면 위에 오래 떠 있을 수 있기 때문이다.

생각해 보면 나는 선수가 되기 위해 수영을 시작한 게 아니었다. 내게 수영은 물속에서도, 땅 위에서도 버틸 수 있는 체력을 만들기 위한 생존 도구다. 생존에 필요한 스킬을 하나 더 늘린다고 생각하면 그만일 뿐, 구태여 스트레스를 받을 필요는 없었다.

잘해야만 한다는 생각을 버리자, 놀랍게도 오히려 속

도가 붙었다. 부담감이 나를 물속으로 끌어 내렸던 모양이었다. 너무 심하게 뒤처지지 않을 정도로만 연습하자. 빨리 가는 게 아니라 오래 가야 하는 거야. 그런 마음으로 강습이 없는 날에도 가끔씩 수영장을 찾아 혼자 평영을 연습했다. 아주 느리지만, 조금씩 근력이 생겼다. 텅 비어 쩌렁쩌렁 울리던 내 욕망의 항아리에 염소 섞인 물이 차오르기 시작했다.

오리발을
내밀며

　　　　　　　　처음으로 수영장에 가던 날에는 매서운 겨울바람이 불었는데, 어느새 무더운 여름이 찾아왔다. 주차장에 내려 스포츠센터 건물까지 걸어가기만 해도 기진맥진해질 정도의 더위였다.

　　변한 건 계절뿐만이 아니었다. 반년이 지나면서 나는 수영을 하나도 못 하는 사람에서 자유형과 배영 그리고 평영까지 할 수 있는 사람으로 거듭났다. 계절이 두 번 바뀌는 동안 한 주도 쉬지 않고 헤엄친 덕분이었다.

　　내 실력은 지극히 중급반다웠다. 잘하지도 못하지도 않는, 딱 그 사이 어딘가. 중간의 단계에 머문다는 건 참

초조한 일이었다. 모든 게 새롭고 흥미로운 초보 시기는 훌쩍 지나 버렸고, 자신감이 넘치는 고수의 단계는 까마득히 멀게만 느껴지니까. 더 이상 새롭지도, 자신 있지도 않은 무언가를 꾸준히 해낸다는 건 철저히 나 자신과의 싸움이었다.

그렇게 수영과의 권태기에 접어들 즈음 새로운 소식이 들려왔다. 드디어 상급반으로 승급하게 되었다는 거였다. 초급반과 중급반 사이에는 겨우 줄 하나 걸려 있는 게 전부이지만 상급반과 중급반 사이에는 엄청난 차이가 있었다. "다음 주부터 오리발을 가져오세요."

수영장은 누구나 오리발을 가져올 수 있는 곳이지만 아무나 오리발을 내밀 수 있는 곳은 아니다. 시설마다 규정이 조금씩 다르기는 해도 입문자에게 오리발 착용을 허용하는 경우는 드물기 때문이다.

수영에 서툰 사람이 오리발을 신으면 자칫 큰 사고가 날 수 있다. 오리발을 끼고 발차기를 하면 속력이 엄청나게 붙는데, 이때 본인의 속도를 주체하지 못하면 앞사람에게 너무 가까이 다가가 발차기에 얻어맞거나 레인 끝

벽에 머리를 박는 일이 벌어진다. 이러한 이유로 우리 수영장에서는 오직 상급반과 연수반 회원만 오리발을 착용하도록 엄격히 규제하고 있었다.

그러니 오리발은 존재 자체만으로 내게 동경의 대상이요, 닿고 싶은 종착지였다. 오리발을 신은 회원들을 보며 부러움의 눈길을 흘린 게 벌써 몇 달째인가.

발에 딱 맞는 형광색 오리발을 양손에 하나씩 들고 쫄래쫄래 수영장으로 들어가는 길, 괜스레 마음이 들떴다. 존재 자체만으로도 신은 사람의 실력을 보장해 주는 도구라니. 오마패를 손에 쥔 조선시대 관리의 기분이 이랬을까.

들뜬 마음으로 오리발을 내밀어 보려 했지만 막상 신고 보니 생각보다 훨씬 불편했다. 물속에서 발을 마구 움직여도 벗겨지지 않게 하려면 딱 맞는 사이즈를 신어야 하는데, 그 말은 곧 신고 벗을 때마다 끙끙대며 힘을 써야 한다는 뜻이다. 게다가 땅 위에서 무겁고 넓적한 오리발을 신고 있으면 정말로 오리처럼 뒤뚱뒤뚱 걷게 된다. 육상 포유류인 내 발에 갈퀴가 달려 있지 않은 이유를 절로 실감할 수 있다.

물속에서도 불편한 건 마찬가지다. 발의 면적이 넓어지는 만큼 물의 저항이 커지고 다리에 힘이 많이 들어갈 수밖에 없다. 마치 누군가 내 발목을 붙잡고 있는 느낌이랄까. 그래서 오리발을 신고 오래 수영한 후에는 발목에 통증이 느껴질 때도 있다.

그러나 오리발의 도움을 받아 물속을 질주할 때면 물살이 부드러운 비단처럼 내 온몸을 감싸는 듯한 느낌이 든다. 물살을 가른다는 게 무엇인지 생생하게 느껴진다. 차가운 물속을 인어처럼 유영하며 형언하기 힘든 자유로움을 만끽할 수도 있다. 처음 자유형에 성공했던 순간만큼이나 짜릿하고 황홀하다.

오리발을 만나게 된 덕분에 다시 수영에 재미가 붙었다. 정말 다행이었다. 침대에서 현관까지의 거리는 아직도 너무나 멀게 느껴지지만, 차가운 물에 처음 발을 집어넣는 건 여전히 참 힘든 일이지만, 그 번거로움만 넘어서면 자유로운 물속 세계가 나를 환영해 주었다.

스위밍
코미디언

수영장에 가 보면 가끔씩 나비처럼 멋지게 날아올라 물속으로 첨벙 들어가는 영법을 선보이는 사람들이 있다. 바로 접영이다.

접영은 네 가지 영법 중 체력적으로도 가장 힘들고, 동작을 익히기도 제일 어렵다. 어떻게 보면 굉장히 사치스럽기까지 하다. 평영처럼 오래 갈 수도, 배영처럼 편안하게 갈 수도 없으니까. 그러나 접영에는 다른 어떤 영법으로도 누릴 수 없는 장점이 있다. 그건 바로 엄청나게 멋있어 보인다는 점이다.

접영을 잘하는 사람들을 보고 있자면 마치 춤을 추

는 것 같기도, 화려한 무술을 하는 것처럼 보이기도 한다. 그래서인지 접영으로 레인의 끝에서 끝을 완주하는 회원을 발견할 때면 늘 넋을 놓고 구경하게 된다. 접영은 특히나 수영 초보들에게 꿈같은 존재다. 어려운 만큼 더 하고 싶고, 안 되는 만큼 더 갈망하게 되는.

접영을 처음 배우던 날 나는 영 갈피를 잡지 못했다. 물살을 가르는 웨이브는 젊음에서 나오는 유연성으로 어떻게든 따라 할 수 있었는데, 나비처럼 날아오르는 팔 동작은 죽어도 되지 않았다.

"팔을 벌렸다가 당기고, 힘차게 물을 미세요! 바로 다시 팔을 가져오고…"

선생님의 설명이 외계어처럼 들렸다. 워낙 근력이 부족한 탓에 물속에서 팔을 빠르게 밀고 당겨 오는 것 자체가 불가능했다. 팔을 제대로 써야 물 밖으로 나와 숨을 쉴 수 있는데, 나는 수면 위로 날아오를 시간을 충분히 벌지 못해서 자꾸 물을 먹었다.

"일단 출발!" 이건 수영장에서 마법의 주문이다. 죽이 되든 밥이 되든 뒷사람이 기다리고 있으니 일단 출발.

그리고 그 말에 물속으로 뛰어든 나는 이내 생생하게 느낄 수 있었다. 방금 내가 멋진 웨이브를 선보이는 대신 활어처럼 빳빳하게 튀어 올라 그대로 수면 위로 철썩 내려앉아 버렸다는 걸. 모든 것을 동시에 고려하려 노력했더니 뇌와 몸 연결 구간에 정체가 생겨 뭔가 심각한 오류가 난 모양이었다. 그냥 각목 같은 자세로 빳빳하게 잠수해 버린 것이다.

"선생님. 팔 동작을 생각하면 웨이브가 안 되고, 웨이브를 생각하면 팔 동작이 안 돼요. 둘 다 신경 쓰려고 하면 자꾸 빳빳하게 수면 위로 철썩 떨어지게 되고요."

선생님은 나의 자유분방한 동작 체계를 이해하지 못하는 듯 다소 혼란스러운 표정을 짓다가 곧 인자한 스승의 얼굴로 연습만이 살길이라고, 갈수록 나아질 거라고 달래 주었다.

접영을 배우고 있자니 '어린 시절 걸음마를 떼는 게 꼭 이런 기분이었을까?' 싶은 생각이 스멀스멀 올라왔다. 아이들이 수없이 넘어지며 한 걸음을 떼듯이, 수없이 물을 먹으며 겨우겨우 동작을 하나씩 배워 갔다. 자유형과 평영을 처음 배울 때도 너무 어렵다고 생각했었는데, 접영은 차원이 다른 느낌이었다. 누군가 옆에서 나를 지켜보고 있다면 코미디영화가 필요 없을 게 분명했다. 무대 위에 서서 마이크를 잡고 관객에게 즐거움을 주는 게 스탠딩 코미디라면 지금 내가 하는 건 스위밍 코미디 정도는 되지 않을까.

그러나 겉보기에 얼마나 우습든 간에 내 몸은 전쟁 중이었다. 근육 하나 없는 팔은 그만 좀 휘두르라며 비명을 지르고 있었고, 팔 힘이 부족한 탓에 수면 위에서 머무는 시간이 너무 짧아 폐에서는 거의 골룸 같은 소리가 흘러나오고 있다.

선생님은 나의 참혹한 상태에 한숨을 내쉬었다. 양팔 접영을 가르치는 건 무리라는 판단을 내렸는지 강습의 방향을 바꾸었다. "한 팔 접영부터 해 볼게요. 웨이브에 더 신경 쓰면서."

수십 번의 각목 다이빙을 거치며 한 팔 접영을 꾸준히 연습하자 점차 수면 위로 떠오르는 동작이 가능해졌다. 그렇게 같은 동작을 반복하기를 몇 주. 어느덧 나도 더듬더듬 접영을 할 줄 알게 되었다. 비록 수면이 내 생각보다 너무 빨리 다가오는 탓에 무언가에 쫓기듯 팔을 휘저어 대긴 해도, 멋지게 날아오른다기보다는 얼떨결에 물 위에 떠오른 듯한 포즈로 나아가긴 해도.

몇 주가 더 지나자 접영으로 25미터를 완주할 수 있었다. 접영은 자유형이나 배영, 평영과는 비교도 되지 않을 만큼 역동적이어서 레인의 끝에 다다르면 너무 힘들어 한참을 쉬어야 했다. 그래도 물을 먹지 않고 숨을 쉴 수 있다는 것만으로도 대단한 성과였다.

복잡한 세상 속에서 진리를 찾는 건 쉽지 않다고 생각해 왔지만, 그중 한 가지는 몸소 터득하게 된 듯하다. 아무리 나를 소심하게 만드는 것들도 노력하다 보면 언젠가 정복할 수 있다는 것. 더 정확하게 표현하자면 '될 때까지 하면' 결국에는 된다는 것. 근육 하나 없어 오렌지주스 뚜껑도 못 따던 내가 접영을 하게 될 줄 누가 알았을까.

수영을 마치고 샤워장으로 돌아가던 길, 안전요원 선생님이 나를 향해 엄지를 치켜들었다.

"접영 폼이 엄청 좋아졌던데요?"

각목 다이빙부터 출발한 나의 모든 과정을 지켜보고

있었던 거다. 내 스위밍 코미디의 첫 번째 관객이랄까. 나는 부끄러워해야 할지 기뻐해야 할지 몰라 애매한 미소를 지으며 감사 인사를 전했다.

석촌호수의
좀비들

체력을 늘리는 데 달리기만큼 좋은 건 없다지만, 과도한 '저질 체력 이슈'로 인해 내 삶에서 퇴출된 지 오래였다. 굳이 예외를 두자면 지하철이나 버스를 급히 타야 할 때나 강아지와 산책할 때 정도일까. 그러나 내 인생 최대치의 운동 경력을 쌓고 나니, 생전 해 본 적 없던 생각이 머릿속에 피어올랐다. '나도 달리기를 한번 해 볼까?'

달리기를 하면 건강해지는 건 물론 집중력도 좋아진다는 이야기는 셀 수 없이 많이 들었다. 심지어는 30분 이상 달리다 보면 머리가 맑고 몸이 날아갈 것처럼 가벼

워지는 '러너스 하이(runners high)'를 경험하게 될 수 있다는 말도. 그 말이 정말 사실이긴 한 건지, 달리기에 한 번 입문한 친구들은 빠져나올 줄 모르고 계속 달렸다.

문득 친구가 들려준 말이 생각났다.

"동네 공원에 가면 에어팟 꽂고 터벅터벅 걷다가 갑자기 무언가에 홀린 듯 좀비처럼 뛰는 사람들 있어. 그거 다 달리기 앱 쓰는 사람들이야."

이어폰에서 흘러나오는 음성에 따라 몸을 움직이니 다른 사람들의 눈에는 정말로 눈에 보이지 않는 무언가에 끌려가는 사람처럼 보인다는 것이다. 이러한 이유로 친구는 그들을 일명 '에어팟 좀비'라고 불렀다.

시중에는 다양한 달리기 앱이 나와 있는데 얼마나, 어떻게 달려야 할지 모르는 초보라면 이런 어플의 도움을 받는 게 좋다고 한다. 내가 달린 코스를 지도에 기록해 주거나 평균 속력을 알려 주고, 달리기와 걷기를 반복하는 '인터벌 트레이닝'을 실행할 수 있도록 음성으로 안내해 주는 등 기능이 다양하기 때문이다.

"달리기를 한 번도 해 본 적 없는 사람을 위한 입문자 코스도 있어. 넌 그것부터 해야겠다."

친구의 추천에 용기를 얻어 자주 신지 않아 뻑뻑한 운동화에 발을 구겨 넣었다. 옷장 구석에서 발굴해 낸 운동복도 꺼내 입었다. 바스락거리는 기능성 의류가 퍽 낯설었다. 어디를 뛰는 게 좋을까 고민하다가 석촌호수로 향했다. 아주 오래전에 석촌호수 근처에 산 적이 있어 눈 감고도 걸을 수 있을 정도로 익숙하기 때문이다.

혼자 하면 도중에 포기할 게 뻔하니 동지 한 명을 만들었다. 같이 뛸 사람을 구하는 건 어렵지 않았다. 집에 틀어박혀 절대 움직이지 않던 내가 "같이 뛰러 갈래?"라고 말하자마자 달리기 앱을 소개해 준 친구가 뛰쳐나온 것이다. 그렇게 친구와 나는 '에어팟 좀비'처럼 귀에 이어폰을 꽂은 채로 발걸음을 옮기기 시작했다.

운동화 끈을 동여맨 채 석촌호수에 도착하니 이전과는 달리 모든 게 생경하게만 느껴졌다. 수백 번은 족히 왔던 곳인데 왜 이렇게 낯선 걸까. 그 이유를 고민하다가 새로운 사실을 깨달았다. 나의 생은 미친 듯이 석촌호수를 쏘다녔으나 단 한 번도 운동하러 온 적이 없었노라….

그렇게 목적을 달리한 채 도심 속의 자연을 둘러보자 새로운 풍경을 발견할 수 있었다. 평일 저녁임에도 꽤 많은 사람이 모여 운동을 하고 있었다. 내가 침대에 가만히 누워 숨을 쉬는 동안에도, 움직이기 싫다는 이유로 화장실에 가는 것조차 미루는 동안에도 사람들은 이렇게나 열심히 운동하고 있었구나.

나와 친구는 달리기 앱에서 가장 쉬운 초급자용 코스를 선택했다. 1분 달리기와 2분 걷기를 반복하는 인터벌 트레이닝이었다. 나보다 체력이 좋은 친구는 쉬지 않고 1분을 달려도 전혀 힘든 기색이 없었지만 나는 1분 동안 폐가 쪼그라드는 것 같은 고통을 느꼈다. "아직… 헉… 1분… 허억… 안 지났어?" 같은 말을 서너 번은 족히 했다.

반년 넘게 꾸준히 수영했으니 크게 힘들이지 않고 달릴 수 있을 거라는 생각은 정말이지 오산이었다. 한평생 누워서 꾸물거리기만 하다가 겨우 6개월 움직여 놓고서는 무슨 자신감인가, 이게. 갑자기 달리기를 해 보겠다고 미쳐 날뛴 나 자신이 원망스러울 따름이었다.

그런데 달리기를 시작한 지 10분 정도가 흘렀을 무렵 내 몸의 새로운 변화를 조금씩 선명하게 느낄 수 있었다. 예전의 나였다면 인터벌 트레이닝을 겨우 두 번 정도 마쳤을 즈음 헉헉대며 가로등을 붙잡고 멈춰 섰을 게 분명하다. 1분 동안 전력 질주를 하는 건 꿈도 못 꿀 일이고, 마음만 앞세우다 발목이나 삐지 않으면 다행이었을 것이다. 하지만 이번에는 무언가 달랐다. 뛰다 보니 조금씩 숨이 차는 느낌에도 익숙해졌고, 호흡도 안정적으로 변했다. 분명 힘들어 죽겠는데 계속 움직일 수 있었다. 20분이 지나자 얼굴을 간지럽히는 시원한 바람이 반갑게 느껴졌다. 그렇게 몇 번의 인터벌 트레이닝을 반복한 끝에 겨우겨우 호수 한 바퀴를 도는 데 성공했다.

　　아주 약소한 성취이지만, 오랜 시간 안 움직여 인간으로 살아온 나에게는 엄청난 도약이었다. 비록 운동 좋아 인간이나 건강쟁이의 단계까지 이르지는 못했지만, 안 움직여 인간에서 덜 움직여 인간으로 발전했다는 건 큰 성과다. '내게 필요한 건 근력이 아니라 지성'이라고 우기던 시절도 조금씩 저물어 가고 있었다.

나는 아주 오랜 시간 저질 체력은 탈출 불가능한 나의 운명이라고, 이미 나의 일부가 되어 버렸다고 굳게 믿어 왔다. 하지만 가쁜 숨으로 석촌호수를 달리며 저질 체력의 굴레를 벗어날 구멍은 있었다는 걸 깨달았다. 너무 작고 보잘것없어 그 존재를 눈치채기도 힘들지만 조금씩 넓혀 가면 그만이었다. 뻣뻣한 운동화에 발가락을 집어넣을 정도의 의지력만 쥐어짤 수 있다면!

빠진 게 아니라
뛰어든 거야

어린 시절 어른이 되면 꼭 내뱉어 보리라 결심했던 말이 두 가지가 있다. 그건 바로 "제가 운전 중이어서요"와 "운동하느라 못 받았어"다. 듣기만 해도 '대도시에 살며 바쁜 일상 가운데 운동을 빼먹지 않고 차 뒷좌석에 여분으로 운동복 한 벌쯤을 실어 두는 커리어 우먼'의 삶을 그려 볼 수 있는 말이다.

그러나 나는 '산속에 살며 운동 미루기를 빼먹지 않는 무면허 안 움직여 어른'으로 성장해 버렸다. 게다가 거주지나 면허 취득 여부를 차치하고서라도 내가 그런 말을 내뱉을 일은 없었다. 애초에 전화를 못 받는 일이 거의 없기 때문이다.

"왜 이렇게 전화가 안 돼?"라는 말보다는 "헉, 빨리 받으시네요"라는 말을 자주 듣는 편이다. 전화 건 사람이 통화연결음을 들으며 목을 가다듬을 시간조차 주지 않는 사람이랄까. 긴 시간 프리랜서로 일한 탓에 생긴 습관이다. 그리고 나는 언론에서 말하는 디지털 원주민 세대의 스테레오타입 그 자체다. 컴퓨터 키보드 자판보다 스마트폰 타자에 더 익숙하고, 앱으로 모든 일을 해결하려드는 그런 사람. 스마트폰이 손에 붙어 있는 것이 내게는 기본값이다.

결정적으로 겁이 많아 운전면허를 따지 못했고, 잠이 많아 침대를 벗어난 적이 없으니 누가 뭐래도 나는 내 로망 속 두 문장을 써먹을 일이 없었다. 그저 이런 말도 있다더라, 하는 관념적인 대상으로 남아 있을 뿐.

수영을 배우던 첫날, 나는 낯선 탈의실에서 대충 눈치를 보며 남들을 따라 했다. 신발을 벗어 신발장에 넣고, 옷을 벗어 로커에 건 다음 샤워장으로 향했다. 그리고 샤워기 앞에 이르러서야 내가 놓친 한 가지를 깨달았다. 수영장에는 스마트폰을 가지고 들어갈 수 없다는 것.

샴푸 거품을 내는 사람들 사이로 내 손에 쥐여진 스마트폰이 보였다. 샤워장까지 챙겨 가야겠다는 생각을 했다기보다는 마치 여섯 번째 손가락처럼 나도 모르게 손에 꼭 붙인 채 갔다는 표현이 적합했다. 맞다, 수영장에서는 어차피 스마트폰을 볼 수 없지.

그렇게 처음으로 스마트폰과 멀리 떨어져 보내는 시간이 생겼다. 스마트폰을 로커에 넣고 샤워장에 가는 데 익숙해지기까지 무려 일주일이 걸렸다. 그리고 몇 주 뒤, 강습이 끝났을 때 오랜 친구에게서 부재중 전화가 와 있는 걸 발견했다.

"여보세요? 나 운동하느라 못 받았어."

내 성향을 잘 아는 친구는 마치 못 들을 말이라도 들은 듯 연거푸 되물었다.

"운동? 너 운동했어?"

나 역시 오랫동안 고대해 온 그 말을 이토록 가볍게 뱉어 버렸다는 사실에 경이로웠다. 남들에게는 일상이지만 내 인생에는 처음 등장한 대사였으니까.

아주 이상한 일이었다. 철인삼종경기에 나가지도 복

근을 만들지도 못했으면서. 죽어도, 정말 죽어도 이루지 못할 것 같았던 '꾸준히 운동하기'의 벽을 깼다는 것만으로 나 자신이 기특해 어쩔 줄 모르겠는 상태에 빠져 버렸다. 이런 게 서툴더라도 아장아장 걷는 아이를 보는 조물주의 마음일까. 혹은 소액이라도 꼬박꼬박 월세를 가져다주는 꼬마빌딩을 가진 건물주의 마음일까. 엄청난 성과는 없더라도 소소한 실천에서 비롯된 뿌듯함이란 따스하고 찬란해서 나는 칭찬 스티커를 받기 위해 부지런히 움직이는 아이처럼 빠짐없이 수영장에 출석했다.

　몇 달이 더 흐르자 이런 생각이 떠올랐다. "운동하느라 못 받았어"가 된다면 "제가 운전중이어서요"도 할 수 있지 않을까? 사실 그동안에는 주된 일과가 방 안에 틀어박혀 글을 쓰는 것이었기 때문에 차를 몰고 다닐 줄 모른다고 해도 일상에 치명적인 문제가 없었다. 그러나 이제는 10킬로미터 떨어진 수영장에 꼬박꼬박 출석하고 있었다. 언제까지고 아빠 차를 얻어 탈 수는 없었다. 운전면허 학원 문턱도 밟아 본 적 없는 무면허 인생을 이번에는 정말로 청산해 보자고 생각했다.

성인이 운전면허 따는 게 뭐 그리 대단한 일일까 싶겠지만 나의 경우는 조금 다르다. 내게 운전이란 운동만큼이나 험난한 산이다. 대중교통도 없는 깡시골에 살면서도 6년 넘게 면허를 따지 않고 버텼다. 운동 신경이 없는 내가 운전대를 잡았다가는 나 자신이든 죄 없는 타인이든 누구 하나 저세상으로 보낼 것만 같다는 두려움이 컸기 때문이다. 나는 과도한 음주도 일말의 흡연도 하지 않으니 운전만 안 하면 단명할 확률이 낮다며 꿋꿋하게 무면허 인간을 자처했다.

그러나 이번만큼은 포기하지 않고 도전해 보고 싶었다. 한평생 원수처럼 여겨 온 운동과도 화해했는데 운전이라고 못 할 이유가 있을까. 운동하고 싶을 때 운동하는 삶을 살기 위해서라도 면허를 따야만 했다. 운동과 운전을 싫어하던 내가 운동하기 위해 운전을 배우기로 결심하다니 아이러니였다.

운전면허 학원에 처음 출석하기 전날 밤, 나는 삼킬틈도 없이 차오르는 두려움에 한참을 뜬눈으로 누워 있었다. '괜한 허세를 부린 걸까? 내가 정말 운전면허를 딸

수 있을까?' 몇 시간이나 흘렀을까. 자그마치 수십 번을 뒤척인 끝에 힘겹게 잠이 들었다.

그리고 아주 이상한 꿈을 꿨다. 내가 깊은 물에 빠져 있는 꿈이었다. 익숙한 우리 동네 수영장과는 다르게 발이 닿지 않았다. 나는 놀라서 두 눈을 부릅뜨고 허우적거렸다. 대체 여기가 어디일까, 바다에 빠지기라도 한 걸까? 이내 빛이 찰랑거리는 위쪽을 향해 정신없이 손을 뻗어 올라가기 시작했다. 수면 위로 올라와 잔뜩 참았던 숨을 기침하듯 내뱉고 나자 깨달았다. 깊이와 모습이 달라도 사실 이곳은 수영장이고, 나는 물에 빠진 게 아니고 직접 뛰어들었다는 걸.

처음 수영을 배울 때는 허우적거리는 게 당연했다. 하지만 겁먹지 않고 차근차근 연습하다 보니 어느덧 킥판 없이도 편안하게 헤엄치는 나 자신을 발견할 수 있었다. 운전도 수영과 같을 거라는 생각이 들었다.

운전석에 앉을 때마다 떨리는 손으로 핸들을 쥐고서 생각했다. 사실은 여기도 수영장이야, 나는 빠진 게 아니라 뛰어든 거야. 원치 않는 위기를 맞닥뜨린 것이 아니라,

어려울 걸 알면서도 기꺼이 도전한 거다. 이 둘 사이에는 아주 큰 차이가 있다. 뛰어든 사람은 가야 할 방향을 알고 있다. 아무리 깊은 물에 빠졌다 해도.

그리고 나는 한 번의 탈락도 없이 한 달 만에 운전면허를 손에 쥐었다. 6년이나 면허 취득을 미뤄 온 것치고는 시시한 결말이었다.

이제는 수영하고 싶을 때면 언제든 조수석에 오리발과 수영복을 싣고 혼자 집을 나선다. 잘하든 못하든 매일 수영장을 오가다 보니 운전 실력이 부쩍 늘어서 혼자 고속도로를 타고 다른 지역까지 훌쩍 다녀올 수 있는 수준이 됐다. 죽어도 하기 싫던 운동을 내 삶에 들여놓자 상상하지도 못했던 일이 계속해서 일어났다. 기꺼이 뛰어들 수 있는 용기가 생겼으니까.

몸을 쓰는
기쁨

몇 년 전 조승연 작가를 만나 대화를 나눌 기회가 있었다. 그는 여러 언어에 능통한 것으로 널리 알려져 있는데, 특히 한국과 미국 그리고 프랑스에서 교육을 받으며 세 국가의 교육에 각각 어떠한 차이점이 있는지 수차례 언급한 바 있다.

평소 교육 분야에 관심이 많은 나는 그를 만날 기회를 놓치지 않았고, "한국의 교육 과정에 딱 한 가지를 추가할 수 있으면 무엇을 택하고 싶은지"에 대해 물었다. 솔직히 말하자면 질문을 하면서도 답이 정해져 있지 않을까 생각했다. 그가 이미 인문학 관련 책을 여러 권 낸 작가인 데다 평소에도 각종 매체에 출연해 인문학과 철학의 중요성을 강조해 온 사람이라는 걸 알고 있었기 때문이다. 그를 만나 인문학 이야기를 직접 들을 수 있다면 더할 나위 없이 좋으리라 생각했다.

그러나 돌아온 답은 의외였다. 그는 학교에서 "몸을 쓰는 법"을 가르쳐야 한다고 말했다. 자신의 몸을 어떻게 건강하게 관리해야 하는지, 몸을 통해 커뮤니케이션하는 법은 무엇인지 모든 학생에게 알려 주어야 한다고. 이를테면 학교에서 학생들이 수학 문제를 빨리 풀 수 있도록 훈련하는 것처럼 달리기 퍼포먼스를 어떻게 늘려 나가는지 교육할 필요가 있다는 거였다. 몸을 쓰는 데도 배움이 필요한 법이기에.

집으로 돌아오면서 그가 들려준 이야기에 관해 한참을 생각했다. 초등학생부터 중학생에 이르기까지. 내가 만났던 체육 선생님들은 학생을 두 부류로 나누곤 했다. "여자애들은 체육을 싫어하니까 자유시간을 주는 거야. 너희도 그게 편하지?" 남학생들이 운동장에서 축구하는 동안 여학생들은 한발 빠져 있으라는 이야기였다. 넓은 운동장을 남학생들이 다 차지하니 여학생들은 자연스레 교정 한구석에서 피구를 하거나 스탠드에 가만히 앉아 축구하는 남학생들을 구경하곤 했다. 수행평가 시즌이 아닐 때는 항상 이런 식이었다.

　나의 체육 시간에는 무언가 결핍되어 있었다. 중요한 건 수행평가 점수도 체육 이론도 아닌, '몸을 쓰는 기쁨'이었다. 여학생은 체육을 좋아하지 않는다는 편견 때문에 얼마나 많은 여학생이 몸을 쓰는 기쁨을 알아 갈 기회를 놓쳐 왔을까.

　많은 여학생이 몸을 쓰는 기쁨을 배우지 못한다는 사실은 통계로도 증명되었다. 질병관리청 조사에 따르면, 2021년 기준 하루 1시간 주 5일 이상 신체 활동을 한 중·고등학교 여학생의 비율은 전체의 8.1퍼센트에 그쳤다. 남학생의 절반에도 미치지 못한 수치다. 그보다 앞서 2019년 세계보건기구(WHO)가 발표한 보고서를 보면 상황의 심각성이 더 뚜렷하게 다가온다. 우리나라에서 운동량이 부족한 여학생의 비율이 무려 97.2퍼센트로, 조사에 참여한 146개국 중 가장 높은 수치를 기록했다.

물론 이런 문제점을 인식하고 개선해 나가려는 움직임이 점점 커지고 있다. 학교체육진흥회에서는 주기적으로 '여학생 체육 활동 활성화 연수'를 진행한다. 학교 현장에서도 학생들에게 체육을 가르치지 않고 자유시간을 주는 '아나공("옜다, 공"의 경상도 방언)' 악습이 점차 자취를 감추고 있다. 학생들이 더 다양한 운동 경험을 쌓을 수 있도록 적극적으로 지도하는 체육 교사들의 이야기도 언론을 통해 꾸준히 알려지고 있다. 서울시교육청에서는 여학생 야구클럽 '공치소서'와 축구클럽 '공차소서'를 운영하고 있는데, 학생들의 반응이 뜨겁다고 한다.

나는 학교에서 몸을 쓰는 기쁨을 배우지 못한 탓에 꽤 오랜 시간 반쪽짜리 기쁨만 누리며 살았다. 이제 내게 남은 몫은, 홀로 그 기쁨을 찾아감과 동시에 내가 겪은 문제를 대물림하지 않도록 학교를 바꾸는 일이다. 더 많은 여학생이 몸을 쓰는 기쁨을 배울 수 있도록. 지금 나는 서울시교육청의 정책 자문 위원으로 활동하며 여학생 체육 활성화에 응원의 목소리를 보태고 있다. 더 많은 여성이 관중이 아닌 선수가 되기를 간절히 바라면서.

다정함은
체력에서 나온다

"있잖아. 인자한 할머니가 되는 게 내 꿈이야. 그러기 위해서는 적당한 재력과 넘치는 체력이 있어야 해."

친구들과 이런 이야기를 하며 킬킬대던 시기가 있었다. 자고로 여유와 인자함이란 통장 잔고와 코어 근육이 둘 다 튼튼할 때 진정으로 우러나올 수 있는 것인데, 슬프게도 현재의 우리는 그 두 가지 중 무엇도 가지고 있지 않다고. 지친 몸을 이끌고 퇴근한 사회인들의 자조적인 유머였다.

수영을 배우며 '나이는 숫자에 불과하다'는 말을 뼈저리게 체감하게 됐다. 나의 몸뚱이는 분명 세상에 출하된 지 30년도 채 되지 않았으나 기름칠을 일절 하지 않은 채 침대 위에 널브러져 보낸 세월이 워낙 긴 탓에 항상 격하게 삐걱거렸다. 25미터 레인을 쉬지 않고 왕복하고 나면 여전히 숨이 턱밑까지 찼고, 가끔은 몸에서 정체를 알수 없는 '뚝' 소리가 나기도 했다.

반면 나와 같은 상급반 레인에 있는 한 60대 회원은 나보다 적어도 5배는 좋은 체력을 자랑했다. 일흔을 코앞에 둔 몸으로 25미터 레인을 쉬지 않고 열 번은 거뜬히 오갔다. 내가 놀랍다는 표정으로 그를 바라보면 "나는 속도가 안 나서 문제지, 체력 하나는 좋아"라며 뿌듯한 미소를 짓곤 했다.

강습이 끝나면 나는 체력이 소진되어 헐레벌떡 집으로 돌아가곤 했지만 그는 수영장에 남아 그날 배운 영법을 복습했다. 편안하고 가뿐한 호흡으로 수영하는 그의 모습을 보고 있자면 경이롭기까지 했다.

하루는 그와 나란히 앉아 물장구를 치다가 괴물 같은 체력의 비결을 물었다.

"나는 젊어서부터 꾸준히 운동했어."

젊은 시절에는 탁구 치는 걸 즐겼고 할머니가 된 지금은 수영에 빠졌다고 했다. 강습이 없는 날에도 자주 수영장을 찾기 때문에 주 5회 정도 꾸준히 수영하는 셈이라고. 역시 체력을 쌓는 일에는 왕도가 없었다.

넘치는 체력 덕분인지 그는 항상 다정하고 인자했다. 내가 레인 끝에 매달려 헉헉거리고 있을 때 그는 여유롭고 다정한 말투로 옆 사람의 자세를 고쳐 주곤 했다. 새로운 회원이 오면 가장 먼저 다가가 이런저런 정보를 일러 주었고, 누군가의 수영복이 꼬여 있으면 가장 먼저 달려가 풀어 주었다. 스승의 날에 가장 먼저 선생님에게 감사 인사를 건네는 사람도 그였다. 정말이지, 나이는 숫자에 불과했다.

60대에도 탄탄한 체력과 근력을 자랑하는 그를 보며 다시 한 번 깨달을 수 있었다. 다정함은 체력에서 나온다는 걸. 나도 인자한 할머니가 될 수 있을까? 적당한 재력과 넘치는 체력을 지닐 수 있을까?

아무래도 통장 잔고는 한평생 내 마음대로 움직이지

않을 모양이지만, 체력과 코어 근육만큼은 할머니가 되기 전까지 살뜰히 마련해 두고 싶다. 본디 체력과 근력이란 혹시 모른다는 마음으로 조금씩 챙겨 두는 생존 가방 같은 거니까. 티끌 모아 태산이라는 마음으로 매일 조금씩 꾸준히 운동한다면 언젠가 분명히 나를 지켜 줄 테니까.

신발이
조각날 때까지

　　　　　수영을 시작한 지 8개월
쯤 지났을 무렵, 어느 여행 작가의 인터뷰에서 "파리는
가을에 가장 아름답다"라는 이야기를 접했다. 그 말을
계기로 다소 뜬금없고 엄청난 결심을 하게 됐다. "파리에
서 한 달 정도 살아 봐야겠어."

　　그렇게 가지고 있는 전 재산을 털어 파리 여행을 준
비했다. 적금을 깬 것은 물론 입출금통장에 단돈 만 원도
남겨 두지 않고 탈탈 긁어모았으니 비유적 표현이 아니
라 말 그대로 전 재산을 쓴 셈이었다. 비행기표를 끊고 프
랑스 파리에 집을 구했다. 같이 갈 친구도 물색했다.

출국 날짜가 다가오자 기대와 동시에 걱정이 무럭무럭 자랐다. '여행하다 또 지쳐서 나가떨어지면 어쩌나' 하는 생각 때문이었다. 조금만 걸어도 다리가 팅팅 부어 밤마다 통증에 시달리던 지난 유럽 여행의 기억이 다시금 생생하게 떠올랐다.

버스, 지하철, 택시까지. 여행 중 이용할 수 있는 이동 수단은 다양하지만, 도시를 깊이 살펴보는 데는 역시 걷기만 한 게 없다. 좁은 골목에 난 틈까지 들여다볼 수 있는 건 오직 여유롭게 걷는 사람에게만 허락되는 특권이니까. 이 사실을 누구보다 잘 알고 있지만 지난 몇 번의 여행에서는 늘 부족한 체력이 나를 가로막았다. 걷다 보면 정신이 아득해 중간중간 카페에 앉아 쉬어야 한다거나 하루에 만 보를 겨우 걷고 밤이 되면 쓰러져 잠드는 식이었다. 어떤 때는 체력적 한계 때문에 계획한 루트를 통째로 포기하기도 했고, 몸살에 걸려 밤새 식은땀을 흘리며 끙끙댄 적도 있었다.

팔랑거리던 안 움직여 인간 시절보다는 꾸준히 운동해 덜 움직여 인간이 된 지금의 형편이 훨씬 낫겠지만 낯선 여행지에서는 체력이 두 배로 빨리 닳는 걸 지난 몇 번의 경험으로 뼈저리게 느꼈기 때문에 안심하기에는 일 렀다.

하지만 그 걱정이 무색하게도 파리에 도착하자마자 이번에는 무언가 다르다는 걸 느낄 수 있었다. 아침에 일 어나 내딛는 첫 발걸음부터 이전과는 달리 한없이 가벼 웠다. 원하는 곳은 어디든 갈 수 있을 것만 같은, 출처를 알 수 없는 자신감이 피어올랐다.

예전의 나였다면 항상 지도 앱에서 최단 거리를 검색 해 움직였을 게 분명하다. "튈르리에서 퐁피두까지는 이 길이 제일 빨라"라며 인간 내비게이션처럼 굴어 댔으리 라. 하지만 이제는 즐거운 마음으로 기꺼이 이런 말을 던 지게 됐다. "저 방향으로 슬슬 걸어가면서 골목이랑 강변 도 구경해 볼까?" 조금 더 걷자는 나의 말에 함께 여행하 는 친구가 놀랍다는 표정을 지었다. 내가 걷는 걸 얼마나 끔찍이 싫어하는지 내 주위의 모두가 알고 있었으니까.

그렇게 매일 평균 12킬로미터를 걸었다. 어떤 날에는 만보기에 3만 보라는 생전 처음 보는 숫자가 찍히기도 했 다. 너무 많이 걸으면 신발이 산산이 조각날 수도 있다는 사실을 처음 알았다. 처음 신발 밑창이 떨어져 나갔을 때는 순간접착제를 치덕치덕 발라 어떻게든 명줄을 이어가 보려 했다. 그러나 함께한 거리가 200킬로미터를 훌쩍 넘어가자 아예 밑창이 걸레짝처럼 너덜너덜하게 갈라져 버렸다. 가장 아끼던 신발이었는데 어쩐지 슬프지 않았다. 조각날 때까지 신다가 보내 준다고 생각하니 미련도 남지 않았다.

또 한 가지 변화는 여행 중에도 운동하는 건강쟁이들을 이해하지 못하던 내가 센강변 조깅에 도전하게 되었다는 거다. 아침 일찍 일어나 운동화 끈을 묶고 바스티유 광장에서 출발해 노트르담 대성당까지 달렸다.

이른 아침의 센강변은 관광객 대신 운동하는 현지인들로 넘쳤다. 일찍 일어나 파리를 가로질러 달려 보겠다는 용기를 내지 않았더라면, 고요함 속에 생기를 품고 있는 파리의 아침 풍경을 보지 못하고 한국에 돌아왔겠지.

예전처럼 가장 짧은 경로만 검색해 움직였다면 절대 닿을 수 없었을 작고 근사한 카페에서 녹차라테 한 잔에 케이크 한 조각을 먹었다. 지도에도 표시되지 않는 서점을 우연히 발견해 앙증맞은 그림책을 샀다. 조금 더 걸을 수 있는 용기와 체력, 그 작은 차이가 내 여행을 완전히 바꿔 놓았다.

하찮은 1분의
꽤 괜찮은 효과

몇 년 전 내과에 가서 피 검사를 받았다. 아무래도 살이 급격하게 많이 찐 게 이상했기 때문이다. 어찌나 체형 변화가 큰지 옷장에 맞는 옷이 없을 지경이었다. 분명히 정상이 아닐 거라고, 뭔가 이상이 있어서 살이 쪘을 거라고 생각했는데 의사는 검사 결과에 별다른 문제가 없다는 말만 건넸다. 그 말이 모든 게 내 잘못이라는 이야기로 들렸다. 내가 많이 먹고, 내가 운동을 안 해서 그렇다는 뜻으로.

최근에야 알게 된 사실이지만 그건 다낭성 난소증후군 때문이었다. 호르몬의 문제로 몸의 신진대사가 정상

인의 절반 수준으로 떨어졌고, 인슐린 저항성 탓에 자꾸만 더 살찔 수밖에 없었던 거다. 많은 여성이 흔하게 겪는 일이라고 했다.

나는 그 사실을 알지 못한 채 지난 2년 동안 수차례 자책을 반복했다. '남들은 다 적당히 식단 조절도 하면서 산다는데, 나는 살을 빼기는커녕 이렇게까지 급격하게 찌다니! 의지박약에 게으른가 봐. 이번 생은 답도 없나 봐!' 이런 생각을 하며 알게 모르게 내 마음을 갉아먹고 있었다.

운동의 목적이 오직 다이어트이던 시절에는 매일 아침 거울 앞에 서서 나 자신을 심판하곤 했다. 어제보다 오늘의 허리가 잘록한지, 다리가 너무 굵어 보이지는 않는지. 오직 그런 것만이 궁금했을 뿐 내 체력이 얼마나 좋아졌는지, 어디에 근육이 생겼는지에는 관심도 없었다. 그저 꾸준히 운동하는 것 외에는 정답이 없다는 걸 알면서도 자꾸만 요행을 바랐고, 그러다 실망하는 일을 반복했다. 그러니 무슨 운동을 해도 즐겁지 않았다. 자괴감과 짜증을 오랜 짝꿍처럼 데리고 살았다.

그 시절에는 운동을 참 거창한 일이라고만 생각했다. 격렬하거나 고통스러운 행위만이 운동이라고 불릴 자격이 있으며, 조금씩 깔짝대는 것 정도로는 아무런 효과가 없다고. 나는 격렬한 운동을 해낼 자신이 없으니 차라리 그냥 평온하게 누워 있는 편이 낫다는 아주 극단적인 사고방식도 갖고 있었다.

지금은 안다. "그 정도 가지고는 운동 효과도 없어!" 같은 말은 귀담아들을 필요가 없다는 것을. 5분이든 10분이든, 땀이 나든 나지 않든, 움직임을 늘리는 것만으로도 의미가 있다는 것을. 물론 아주 조금씩 움직인다고 해서 살이 쭉쭉 빠질 리 없고, 눈에 띄게 근육이 붙을 리도 없다. 그러나 운동을 끔찍하게 싫어하는 사람이라면, 이번에야말로 몸을 쓰는 기쁨을 알아내기로 결심한 사람이라면 그런 말을 깔끔하게 무시하고 아주 소박한 움직임부터 시작해도 괜찮다고 말해 주고 싶다.

내가 도전과 실패, 작심삼일만을 거듭하다가 자책에 빠지는 악순환을 겪었던 건 단순히 한심하고 나약한 사람이라서가 아니었다. 한글을 떼기도 전에 시를 짓겠다거나 칼질을 배우기도 전에 요리하겠다고 덤볐다가 실패한 사람을 보며 "나약해서 그래"라고 말하는 사람은 없다. 너무 무모했다고 생각할 뿐이다. 움직이는 걸 싫어하면서 매일 운동하겠다는 계획을 세우는 것도 마찬가지다. 준비 없이 뛰어들어 실패했을 뿐 한심한 의지박약 쓰레기라서 그런 건 아니라는 뜻이다.

이 무모한 도전의 굴레에서 벗어나기 위해서는 어느 날 갑자기 운동의 세계에 나를 던져 넣는 게 아니라 운동이라는 존재를 나의 세계로 조금씩 들여와야 하는 거였다. 나는 몇 번의 삽질 끝에야 이 사실을 알았다.

이후로는 마음을 고쳐먹었다. 어떤 운동이 효과가 더 좋을지 고민하는 게 아니라 그냥 내가 즐거울 수 있는 방향으로 움직이기로. 그 배경지가 수영장이든 백화점이든 올리브영이든 상관없이 그저 움직이기만 하면 성공이라고 여기기로 했다.

어떤 날에는 걷기 운동을 하러 서점에 갔다. 에세이부터 학습서까지 모든 코너를 돌았다. 평대에 놓인 것뿐 아니라 가장 구석, 가장 낮은 칸에 꽂힌 것까지 모조리 구경했다. 결국 오후 10시쯤 흘러나오는 영업 종료 안내

음악을 들으며 타의로 서점을 떠나야 했다. 그렇게 원 없이 책 구경을 하고 나와 보니 4시간이 훌쩍 지나 있었고 스마트폰 만보기에는 8천 보라는 숫자가 찍혀 있었다.

운동의 목표를 다이어트 대신 건강으로 바꾼 뒤부터는 많은 게 달라졌다. 농담이라도 내 몸을 비난하지 않게 됐고, 깡마른 몸이 되겠다는 헛된 생각도 죄다 버릴 수 있었다. 초등학생 시절부터 다이어트를 지속해 왔으니, 무려 15년 만에 자유를 누리게 된 셈이다.

최근 국제 학술지 〈네이처 메디신〉에 아주 짧은 시간의 운동이 건강에 큰 변화를 일으킨다는 연구 결과가 실렸다. 평균 61.8세의 성인 2500명을 대상으로 7년간 진행된 연구였다. 하루 두세 번 1~2분 정도 간단한 운동을 실시한 그룹과 일절 운동을 하지 않은 그룹의 사망률을 분석해 보았더니, 적은 시간이라도 운동을 꾸준히 해 온 그룹이 무려 40퍼센트 낮은 수치를 보였다고 한다. 이는 하루 1시간 고강도 운동을 해 온 사람들과 비교해도 큰 차이가 없는 수치다.

그러니 격렬하게 수영하거나 숨 가쁘게 달리거나 낑

낑대며 아령을 들어 올리지 않아도 죄책감을 가질 이유는 없다. 선명한 근육을 자랑하는 사람들이 넘치는 이 세상에서 겨우 1분 뛰는 것만으로도 헉헉거리는 내 모습을 보며 낙심할 필요도 없다. 그 하찮은 1분이 모여 삶이 조금 더 괜찮아질 테니까.

운동을
그만두지 않습니다

　　　　　수영은 마치 끝도 없이 새
로운 미션이 부여되는 게임 같다. 자유형, 배영, 평영을 거
치면 높디높은 접영의 벽에 다다르게 된다. 힘겹게 접영
을 성공하고 나면 드디어 모든 게 끝난 것 같지만 이후에
는 '접배평자'의 시기가 찾아온다.

　　수영장에 기웃거린 적 있다면 누구나 접하게 되는 접
배평자는 경영(일정한 거리를 헤엄쳐 그 빠르기를 겨루는
경기) 종목인 개인 혼영 순서를 따라 '접영-배영-평영-자
유형'으로 수영하는 걸 뜻한다. 네 가지 영법을 다 익혀
야 할 수 있는 데다, 25미터 수영장에서 이 루틴을 한 번

만 돌아도 최소 100미터를 쉬지 않고 가야 하는 셈이니 초보자에게는 넘기 힘든 산이다. 가장 힘든 접영으로 첫 25미터를 수영하고 나면 남은 75미터를 완주하는 건 불가능하리라는 확신이 들기도 한다. 그래서 수영인들 사이에서는 접배평자가 '접어야 할까? 배워도 안 늘고 평생 안 될 것 같아서 자괴감이 든다'의 줄임말이라는 우스갯소리가 있다.

하루는 자유 수영을 갔다가 문득 샘솟는 용기를 참지 못하고 접배평자에 도전했다. 그리고 3분도 채 지나지 않아 나 자신에게 혼쭐이 났다. 접영으로 25미터, 배영으로 25미터를 간 다음 평영을 하던 중 몸이 파업 선언을 한 것이다. 심장이 아주 선명하게 내게 말을 걸고 있었다. '미쳤어? 당장 벽에 매달려서 3분 쉬어!'

내가 접배평자에 성공한 건 한참 뒤의 일이다. 꿈꾸던 접배평자에 성공했지만 모든 걸 끝마친 듯한 후련함은 찾아오지 않았다. 오래 그려 온 정점에 다다르고 나니 새로운 사실을 깨칠 수 있었기 때문이다. 접배평자는 수영의 끝이 아니었다. 아니, 사실 끝은 존재하지 않는다. 쉬지 않고 접배평자로 100미터를 완주할 수 있게 되면 그

것을 여러 번 반복할 수 있기를 바라게 될 테고, 체력과 심폐지구력이 늘어 1000미터를 거뜬히 헤엄칠 수 있게 된다면 이후로는 속력을 재고 싶어질 테니까. 빠르게, 더 빠르게.

얼마 전 수영 강습을 그만두었다. 접영까지 배웠으니 이제 자유 수영을 다녀도 되겠다는 생각이 반, 원고 마감 기한을 맞추려면 어떻게든 시간을 벌어야 한다는 생각이 반이었다. 그리고 아주 뻔한 이야기이지만 강습이라는 약속이 사라지니 수영장에 거의 가지 않게 되었다. 집필량은 눈에 띄게 늘었지만 운동량은 조금 줄어들었다.

"운동 이야기를 쓰느라 운동을 멈추다니 정말 웃기지 않냐?" 친구에게 이런 말을 건네며 킬킬거렸다. 신기하게도 좌절감을 느끼지는 않았다. 옛날 같았으면 '또야, 또. 결국 또 포기한 거야!'라며 절망했을 텐데. 이번에는 운동을 포기한 게 아니라 운동을 쉬고 있다는 느낌이 들었기 때문이다. 얼핏 비슷해 보여도 그 둘은 하늘과 땅만큼의 차이였다.

그러다 원고 마감일이 정말 코앞까지 다가온 시점에

뜬금없이 발레를 시작했다. 아무래도 글쓰기에 집중해야겠다는 건 수영 강습을 그만두기 위한 핑계였을까? 발레야말로 궁극의 근력 운동이라는 이야기를 어디서 주워들은 게 화근이었다. 집에서 발레 학원까지는 꽤 거리가 있고, 심지어 스포츠센터 수영 강습에 비하면 학원비가 몇 배로 비쌌다. 그런데도 덜컥 등록해 버렸다. 이제는 새로운 운동을 시작하는 데 그리 큰 용기가 필요하지 않다.

날씬해야 한다던데, 유연해야 한다던데 같은 발레 루머도 전혀 신경 쓰이지 않았다. 그런 말은 이제 믿지 않기로 했다. 날씬하지도 유연하지도 않지만 일단 발레를 배우면 그만이라고 생각했다. 새로운 운동을 배우며 느끼게 될 기쁨이 더 소중하니까.

수영의 고통은 아주 습하고 날카로웠던 반면 발레의 고통은 건조하고 빳빳했다. "처음부터 끝까지 허벅지 안쪽의 힘을 풀지 않아요. 계속 당긴다는 느낌으로, 포인!" 일자로 다리를 쭉쭉 찢어 보이는 다른 수강생들과는 다르게 내 두 다리는 선명한 예각을 그리고 있었고, 하체 근육을 써서 사뿐하게 착지하라는 선생님의 말에도 쿵 소리를 내며 바닥과 재회하는 실수를 저질렀다. 멀티 플레이가 안 되는 건 여전해서 다리에 힘을 주면 자꾸 팔이 툭 떨어졌다. "팔 동작도 유지하셔야 해요, 앙 바, 앙 아 방!" 머쓱한 표정으로 선생님을 보며 헐레벌떡 팔을 들어 둥글고 길게 늘여 놓는 것도 여전했다. 백조의 비상이라기보다는 푸드덕거림 같달까. 이런 백조라면 너무 눈에 띄어 야생에서 살아남기는 힘들겠구나 싶었다.

발레는 수영보다 한층 수치스러웠다. 수영장에서는 몸의 반 이상을 물에 담근 채 수면 위에 노출된 부위만 신경 쓰면 됐는데, 발레를 할 때는 눈앞에 펼쳐진 전면 거울로 내 모든 동작을 낱낱이 목격해야 했기 때문이다. 우아한 선율이 흐르는 밝은 연습실은 나의 모든 실수를 아주 정확하고 적나라하게 짚어 내고 있었다.

못하는 나 자신을 바라보는 건 참 부끄러운 일이지만, 신기하게도 꽤 즐거웠다. 물론 어떤 운동이든 금방 질려 하는 나의 특성을 고려하면 이 상태가 지속되리라는 보장은 없다. 아마도 이 책이 세상에 나올 때쯤이면 이미 발레를 그만두었을지도 모른다.

그러나 한 가지 확실한 건 내가 곧 다른 운동을 찾을 거라는 점이다. 복싱일 수도, 요가일 수도, 또다시 수영일 수도 있다. 그 사이에 '아무것도 안 하는 시기'가 찾아오더라도 좌절하지는 않을 것이다. 운동을 쉬고 있는 것뿐, 다시는 운동하지 않는 삶으로 돌아가지 않을 테니까.

건강히 지내라는 말

왜 편안한 자세는 관절이나 근육에 무리를 주고, 구미가 당기는 음식은 몸에 해로울까. 인간은 왜 꾸준히 운동을 해야만 건강해질 수 있는 걸까. 체력과 근력을 돈 주고 살 수 있다면 나는 기꺼이 적금을 들었을 텐데. 어째서 건강에는 왕도가 없을까.

'오래오래 행복하게 살았습니다'나 '죽는 그날까지 부귀영화를 누렸습니다'까지는 바라지도 않는데. 그저 '대체로 누워 지냈지만 건강하게 살았습니다'라는 결말을 원할 뿐인데. 그 소원 하나 이루기가 왜 이리 어려운 걸까. 건강, 그놈의 건강이 대체 무엇이길래.

나는 오랫동안 '고통 끝에 얻게 될 건강'은 외면하고 '침대 위에 있는 행복'만을 좇았다. 건강과 행복이 나란히 놓일 수도 있다는 걸, 힘들면서도 즐거운 것이 존재한다는 걸 미처 몰랐기 때문이다. 내게 건강한 삶은 전설 속 보물섬 같은 거였다. 어디쯤 있는지, 정말 닿을 수 있는지 알 길이 없으니 의지도 생기지 않았다.

침대를 딛고 물속으로 풍덩 뛰어든 후에야 알게 되었다. 건강한 삶은 언제나 침대에서 딱 한 걸음 떨어져서 내가 한 발짝 내딛기를 응원하고 있었다는 사실을. 운동의 고통 뒤에는 늘 몸을 쓰는 기쁨이 숨어 있다는 것도.

물론 아직 바뀌지 않은 것이 훨씬 많다. 나는 지금도 침대와 사랑에 빠져 있고, 무거운 덤벨 같은 건 들지 못한다. 있는 힘껏 다리를 찢어 보아도 직각을 겨우 그린다. 마라톤 완주 같은 건 여전히 꿈도 꾸지 못한다. 변한 거라고는 아주 조금 나아진 체력과 근력이 전부다.

그러나 그 미세한 변화가 내 삶의 궤도를 완전히 틀어 버렸다. '안 움직이기 위해 뭐든 하는 삶'에서 '하고 싶은 일을 위해 기꺼이 움직이는 삶'으로. 더 이상 지하철 계단을 보고도 한숨부터 푹 내쉬지 않는다. 음료수 뚜껑을 따 달라고 타인에게 부탁하는 일도 줄었다. 친구를 만나면 만 보 정도는 거뜬히 걸어 다니고, 수영장에 가면 개헤엄 대신 진짜 수영을 한다. 비록 멋진 몸을 얻지는 못했지만 나 자신을 조금 더 좋아하게 됐다.

나는 매일 어제보다 건강한 오늘을 맞이하고 있다. 이렇게 살다 보면 여든쯤에는 정말로 건강하고 다정한 할머니가 될 수 있을지도 모른다는 희망도 갖고 있다.

근력 제로, 체력 제로, 의지력 제로였던 나의 삶을 종이에 인쇄해 만천하에 뿌리겠다는 결정을 아무렇지 않게 내렸다면 거짓이다. 내게 부족한 건 근육이지 염치가 아니니까. 가끔은 나의 게으름을 종이 위에 실토하다가도 이건 조금 심했나, 너무 한심해 보일까, 그런 고민을 했다.

하지만 이내 어깨를 으쓱하고 넘겨 버렸다. 내 이야기에 공감하는 안 움직여 동지들이 이 세상 곳곳에 있을 것이고, 운이 좋다면 그중 몇 명은 이 책을 읽고 '오늘 딱 1분이라도 움직여 볼까'라는 생각을 하게 될지도 모르니까. 나의 성장기가 누군가에게 위로나 용기가 된다면 그

것만으로도 충분하다고 여기기로 했다.

　표준국어대사전에 따르면 건강이란 "정신적으로나 육체적으로 아무 탈이 없고 튼튼함. 또는 그런 상태"를 뜻한다. 건강한 삶을 누린다는 건 아무 탈이 없고 튼튼한 상태를 유지해야 한다는 뜻과 같다. 여간 어려운 일이 아니다.

　이 사실을 알게 된 이후로는 누군가 내게 "건강히 지내세요"라는 말을 건넬 때마다 절로 미소 짓게 되었다. 상대방이 아무 탈 없이 튼튼하게 지내기를 빌어 주는 마음이라니, 얼마나 따뜻하고 다정한가. 오랜 시간 '육체적으로 아무 힘이 없고 유약한 상태'를 유지해 온 나에게는 더더욱 특별하게 들리는 말이다.

　그러니 당연하게도 마지막까지 나의 이야기에 귀를 기울여 준 모든 독자에게 보내고 싶은 인사는 딱 하나다.

　"건강히 지내세요."

침대 딛고 다이빙

1판 1쇄 인쇄 | 2024년 5월 31일
1판 1쇄 발행 | 2024년 6월 20일

지은이 | 송혜교

발행인 | 김태웅
책임편집 | 정상미
디자인 | 형태와내용사이
마케팅 총괄 | 김철영
마케팅 | 서재욱, 오승수
온라인 마케팅 | 김도연
인터넷 관리 | 김상규
제 작 | 현대순
총 무 | 윤선미, 안서현, 지이슬
관 리 | 김훈희, 이국희, 김승훈, 최국호

발행처 | (주)동양북스
등 록 | 제2014-000055호
주 소 | 서울시 마포구 동교로22길 14 (04030)
구입 문의 | 전화 (02)337-1737 팩스 (02)334-6624
내용 문의 | 전화 (02)337-1739 이메일 dymg98@naver.com
네이버포스트 | post.naver.com/dymg98
인스타그램 | @shelter_dybook

ISBN 979-11-7210-052-0 03810